LA
JOLIE FILLE
DE PARIS.

SOUS PRESSE ,

DU MÊME AUTEUR.

———

LE PREMIER PAS..... 4 VOL.

LE MARI DE PARIS.... 4 VOL.

LA COQUETTE......... 4 VOL.

IMPRIMERIE DE A. HENRY,

RUE GÎT-LE-COEUR, 8.

LA
JOLIE FILLE
DE PARIS,

Par M. Arsène de Cey,

AUTEUR DE LA FILLE DU CURÉ, DE JEAN LE BON APÔTRE,
ET DE SAGESSE! OU LA VIE D'ÉTUDIANT.

Deuxième Édition.

TOME SECOND.

PARIS,

POUGIN, QUAI DES AUGUSTINS, 49;
CORBET, QUAI DES AUGUSTINS, 61;

1836.

LA
JOLIE FILLE
DE PARIS.

⬡⬡⬡⬡⬡⬡⬡⬡⬡⬡⬡⬡⬡⬡⬡⬡⬡⬡⬡⬡⬡⬡⬡

CHAPITRE PREMIER.

—————

COMME QUOI M. POULET DANSE EN CHEMISE.

◈

Si le ciel veut sauver l'innocence
de Clotilde, il doit se hâter, car le
péril devient urgent... mais la Providence... la Providence! Hélas!
les maris se plaindraient moins

souvent si elle s'occupait un peu plus de la virginité des filles....

Derbain est pressant, Clotilde faiblit, car elle aime; le ciel se tait toujours... Hélas! hélas! comment cela va-t-il finir?

Pourtant ne calomnions pas trop vite le destin. Un léger bruit se fait entendre; quelqu'un approche sans doute, car Stello gratte la terre en aboyant... Béni soit le ciel! c'est une femme qui s'avance.

Derbain, tout préoccupé qu'il était, entendit le bruit que faisait cette femme; d'un brusque mouvement, il s'éloigna de Clotilde. Son action fut vive, mais pas assez, toutefois, pour échapper à l'œil clairvoyant de Jeannette, car c'était elle qui survenait si à propos.

Hélas! oui... c'était Jeannette,

la pauvre et infortunée Jeannette, qui venait de parcourir la forêt en cherchant un amoureux qu'elle devait rencontrer dans les bras d'une rivale.

Il y avait dans son cœur, gonflé en ce moment d'indignation et de colère, plus de coquetterie que de sensibilité, plus de vanité que d'amour. Son orgueil avait été vivement chatouillé par la conquête de l'élégant Derbain, et son imagination, très-féconde, avait bâti de magnifiques châteaux en Espagne, sur des amours imaginaires.

Jeannette avait à la coquetterie des dispositions innées; cependant il est probable qu'elles se seraient maintenues dans les limites d'une vanité villageoise si le diable ne s'en fût pas mêlé.

Jeannette à dix ans était gentille et très-éveillée ; un sorcier (on
en trouve de fameux dans les vil-
lages !) se chargea de lui tirer son
horoscope, moyennant la bagatelle
de deux sous ; il fit les choses en
conscience ; la mère de Jeannette
eut de l'avenir pour son argent.

En effet, rien de beau comme la
destinée qui attendait la jeune enfant ; elle aurait des dents blanches
comme le jour, et des yeux noirs
comme la nuit ; elle ravirait en admiration toutes les personnes qui
auraient le bonheur de la voir, et
les hommes, particulièrement,
suivant l'expression du grand sorcier, feraient des *bêtises* pour elle.
Enfin mademoiselle Jeannette aurait de beaux habits comme les dames ; une voiture et des chevaux

comme les princesses ou les filles entretenues.

La maman de Jeannette, grosse villageoise joufflue, crut tout cela comme évangile, elle épuisait la chétive bourse de son mari pour acheter à la princesse future, des étoffes brillantes, des bijoux, des colifichets, qui pouvaient faire mieux ressortir sa beauté et aider un peu la prophétie.

Jeannette de son côté, pleine de foi dans son mérite, aurait regardé comme une insulte le moindre doute sur son élévation future. Les travaux des champs lui parurent indignes d'une personne comme elle; elle ne voulait ni brûler son teint au soleil. ni gâter ses petites mains. Il lui fallait pour se décider à travailler un peu, le secours de quelques coups de bâton, que lui administrait généreusement monsieur son père, qui ne croyait pas aux sorciers.

Le bonheur est bavard : la mère de Jeannette dit à tout le monde ce que sa fille serait un jour. On crut à la prophétie, mais on fit semblant de s'en moquer; c'était un moyen de diminuer l'orgueil anticipé des voisines.

Les jeunes filles ont partout des principes de conduite généraux et constans, dont elles ne se départent dans aucune circonstance. Par exemple, elles n'aiment pas celles de leurs compagnes qui ont sur elles une supériorité marquée de gentillesse ou de beauté; mais si cette compagne joint à des avantages naturels une parure plus bril-

lante, des manières plus distin-
guées, elles iront facilement jusqu'à la haine, pour peu que celle
qui l'inspire se montre fière et dé-
daigneuse.

Or, Jeannette ne comptait pas
au nombre de ses vertus la modes-
tie; elle était la plus jolie des jeunes filles du village, elle serait
grande dame tandis que les autres garderaient les vaches au
soleil et à la pluie; elle ne dissi-
mulait pas son admiration pour sa
personne et la profonde pitié que
lui inspiraient ses rivales. Elle
n'eût pas voulu pour sa femme de
chambre de sa meilleure amie.

Les villageoises sont femmes
aussi; d'où la conclusion nécessaire
qu'elles ont une honnête part d'a-
mour-propre. L'orgueilleuse Jean-

nette fut cordialement détestée ; il y eut contre elle une coalition générale. Tout le beau sexe du village, réuni en congrès perpétuel, s'occupait sans relâche d'humilier, de vexer, de tourmenter dans ses espérances, de torturer dans son orgueil la princesse en sabots et en habits de bure. L'orgueil a la peau tendre : Jeannette, très-vulnérable, était souvent blessée ; aussi elle détestait les femmes qui la faisaient pleurer tous les jours. On la ravalait, elle s'indigna ; on la piquait de coups d'épingle, elle eût employé le poignard pour se venger. Tout son sexe lui fut odieux ; elle eût peut-être été douce et naïve, elle devint dissimulée, méchante, vindicative.

Parvenue à seize ans, le tems

commença à lui paraître long.
Chaque matin elle cherchait sur la
route le carrosse à six chevaux du
prince, qui devait réaliser la prophétie. Les jours, les semaines, les
mois, s'écoulaient, et il ne venait
ni carrosse, ni prince; on se serait
alors abonné volontiers à un marquis, puis à un gentilhomme; enfin, à un simple et honnête bourgeois : mais, quoique Jeannette se
trouvât aussi belle que l'avait pré-
dit l'oracle, et qu'elle eût dix-huit
ans accomplis, personne ne venait,
si ce n'est toutefois quelque vacher
des environs que Jeannette écoutait
quelquefois faute de mieux.

Quand la montagne ne voulut
pas venir à Mahomet, Mahomet
alla à la montagne ; Jeannette voulut aller au-devant de son prince

puisque son prince ne venait pas la chercher. Paris est le pays des altesses ; Jeannette s'y dirigea ; mais comme son respectable papa ne voulut, à son départ, lui donner que sa bénédiction, Jeannette, obligée de servir pour apprendre à commander, fit son apprentissage d'altesse sérénissime dans la cuisine de M. Poulet, dont elle devint le souillon.

Il y avait plusieurs mois déjà qu'elle exerçait des fonctions si peu dignes d'elle ; la nuit elle appelait son prince avec larmes, et le prince cruel faisait la sourde oreille. Elle crut l'avoir découvert, à quelque chose près, dans le séduisant Derbain ; jugez de son désappointement, de sa fureur, en se le voyant enlever par Clotilde.

Jamais mademoiselle Georges,
dans ses plus belles inspirations,
n'eut une pose plus tragique, une
attitude plus digne ; une physionomie plus courroucée... Jeannette
marchant, ou plutôt volant vers
Clotilde, était sublime... elle veut
parler, elle n'en a pas la force ; ses
lèvres tremblent sans pouvoir arti-
culer ; mais ses yeux, ses yeux
noirs, étincelans, comme ils expri-
ment admirablement les sensations
qui l'agitent... la haine dont elle se
sent déchirée ! c'était superbe !...

A défaut des mots qui ne viennent pas, elle a recours aux gestes.
Comme Christine, découvrant dans
Paula une rivale, elle saisit rude-
ment la main de sa jeune maîtresse ; et, sans lui donner le tems
de revenir d'un étonnement assez

naturel, sans lui permettre d'a-
dresser un adieu à Derbain, qui,
stupéfait, ne prononce pas une parole, elle la traîne en courant devant sa mère :

— D'où viens-tu donc, Clotilde? demanda madame Poulet,
voilà plus d'une heure que je t'at-
tends ; il est bien mal à toi, mon
enfant, de me donner ainsi des inquiétudes.

Il y avait pour Clotilde quelque
difficulté à satisfaire franchement à
une question pareille ; la pauvre
petite n'était pas habituée à mentir
ou même à dissimuler ; elle rougit,
balbutia, trembla et ne répondit
pas.

Jeannette se chargea volontiers
de ce soin.

— Bah! Madame, s'écria-t-elle,

ces choses-là ne se disent pas aux mamans.

— Que voulez-vous dire, Jeannette ?

— Moi? rien. Seulement, je suis d'avis qu'une promenade comme celle-ci doit avancer beaucoup l'éducation d'une demoiselle.

Ces expressions présentaient un sens clair et précis ; madame Poulet fixa sur sa fille un regard inquiet et chagrin ; elle remarqua sur sa douce figure un embarras inaccoutumé, dans sa physionomie une agitation extraordinaire, et aussitôt, elle devint grave et sérieuse. Cependant, plus sage que son mari, elle cacha ses alarmes ; ce n'était pas devant des tiers qu'il fallait les manifester. Si sa fille était coupable d'une imprudence,

c'était en tête-à-tête qu'il conve-
nait de lui demander un aveu ;
c'était après l'épanchement d'une
confidence filiale qu'il serait à propos de lui donner quelques avis.
Ces réflexions sensées , lui suggé-
rèrent la conduite qu'elle avait à
tenir : sans avoir l'air de faire attention aux malignes insinuations
de Jeannette, elle prit le bras de
ses deux filles et se dirigea du côté
du village où elle espérait rencontrer son mari. Nous ferons observer
toutefois , qu'avant de sortir de la
forêt elle dit quelques mots à Jeannette qui, pour obéir à sa maîtresse, s'enfonça de nouveau dans
le taillis.

A ce moment de la journée, ces
trois personnes paraissaient faire
peu de cas de la beauté des champs,

des plaisirs de la promenade : elles ne marchaient pas, elles couraient. Cette précipitation, il faut en convenir, était très-naturelle : beaucoup de tems s'était écoulé sous les ombrages, le soleil baissait sous l'horizon ; les malheureuses n'avaient pas dîné.

Les dames entrèrent dans le village sans avoir rencontré l'homme qu'elles cherchaient ; elles se rendirent chez le maire, mais ce magistrat était sorti. Sa bonne, fière comme il convient à la servante d'un fonctionnaire, répondit à toutes les questions qu'aucune cause n'avait été portée devant le juge municipal.

C'étaient là de terribles nouvelles ! Les trois pauvres femmes se regardèrent avec consternation.

Sans le protecteur sur lequel elles
comptaient, que faire? où aller?
que devenir? Si du moins elles
avaient possédé quelques pièces de
ce métal qui nous procure partout
des serviteurs et des égards, elles
auraient pu se tirer facilement
d'embarras; mais, seules, sans argent, sans amis, dans une localité
où le voisinage des fripons a mis
en garde contre les gens honnêtes,
comment faire pour se procurer à
dîner? et comment, sans ce repas
dont le besoin se fait cruellement
sentir, se rendre à pied à Paris,
quand des jambes délicates, des
pieds mignons de parisiennes, fai-
blissent déjà sous le poids d'une
fatigue inaccoutumée?

Les deux jeunes filles surtout,
plus neuves à la souffrance, ne

peuvent dissimuler leurs tribula-
tions. Deux estomacs de dix-huit
ans élèvent bien haut une voix
impérieuse ; Ursule bâille d'inani-
tion ; Clotilde en oublie presque
son amour.

Madame Poulet eut un moment
la pensée de retourner dans la forêt ; il pouvait se faire en effet que
son mari, débarrassé du cocher de
coucou, se fût rendu à l'endroit où
il avait été séparé de sa famille ; mais
comme elle allait se mettre en
marche, Jeannette, revenant de
son ambassade, lui apprit qu'elle
avait traversée le bosquet et que
M. Poulet n'y était pas.

On court alors tout le village,
on interroge les habitans, les Parisiens, les flâneurs ; mais sans re-
cueillir aucun renseignement.

La nuit approch; l'app étit aug-
mente. Jeannette jette les hauts cris
et serre sa ceinture ; madame Poulet lève les yeux au ciel d'un air de
résignation douloureuse ; Ursule
affecte de l'indifférence pour ne
ne point alarmer sa famille ; Clotilde soupire tout bas , un peu
d'amour, sans doute, mais aussi,
un peu de besoin.

Tout d'un coup Jeannette pousse
un cri de joie et sautant, gesticu-
lant, gambadant, elle montre une
pièce de vingt sous qu'elle vient
de découvrir enveloppée dans un
nœud de son mouchoir. C'etait là
une faible ressource sans doute,
mais le malheur se contente de peu.
La petite pièce de monnaie parut
en ce moment de crise plus précieuse qu'un double louis en toute
autre circonstance.

Jeannette court acheter un quartier de pain, un morceau de fromage; ces vivres sont fraternellement divisés en quatre parts, et, bientôt l'on voit quatre bouches affamées, besogner laborieusement. Mais, hélas! le mal est presque toujours placé à côté du bien! Quelques groupes musards qui venaient de dîner chez le traiteur, et qui flânaient en digérant, trouvèrent plaisant de rire au nez de nos mangeuses; d'impertinens jeunes hommes les regardèrent effrontément sous le menton; ils se permirent le quolibet, la plaisanterie grivoise; car les hommes n'accordent leur respect ou leurs égards qu'aux choses qui leur en imposent, et, de jeunes dames sans cavaliers, dînant en plein

air avec un pain de deux livres et
un fromage de Marolles, n'étaient
pas, nous en convenons, fort impo-
santes.

Ces dames ne s'arrêtèrent pas,
comme vous le pensez bien, pour
prendre un repas qui ne demandait pas de couvert; elles marchaient en mangeant, elles marchaient très-vite pour échapper à
l'impertinente curiosité des badauds; mais il est dans les habitu-
des de cette estimable classe de
s'acharner sur ses victimes en raison du plus ou moins de contra-
riété qu'elles semblent en éprouver.
La foule s'augmentait à chaque
minute; plus la famille Poulet
hâtait le pas, plus les badauds
s'empressaient autour d'elle, plus
ils affectaient de ricaner.

La position commençait à devenir insoutenable. En vain, madame Poulet cherchait à découvrir
au travers des rangs pressés de ses
persécuteurs, soit le mari qui l'a-
bandonnait, soit le jeune homme
qu'elle avait attiré sur ses pas à la
campagne; au milieu de ces figures sottement railleuses, elle n'appercevait aucun visage ami. Elle
souffrait pour elle-même, elle
souffrait plus encore pour ses filles
qui avaient besoin de beaucoup
d'efforts pour s'empêcher de pleurer.

Au plus fort de ces angoisses,
apparut un objet qui devait encore
les augmenter. C'était le cocher
de coucou, le malencontreux cocher qui avait séparé la famille et
qui causait tout le mal.

Cet homme était le seul qui pût donner des nouvelles de M. Poulet; mais comment l'aborder au milieu d'une foule en délire, qui s'amusait à poursuivre de sa gaîté de pauvres femmes qu'elle prenait charitablement pour des avanturières ? Comment, d'ailleurs, s'exposer aux outrages d'un homme qui s'étant cru volé, rendrait les badauds plus insolens, en les confirmant dans leurs soupçons sur la moralité de leurs victimes.

Madame Poulet se détourna pour échapper aux regards d'un homme qu'elle devait redouter, mais cette précaution venait trop tard. Le cocher, du haut de son siège, dominait la campagne; il aperçut *ses pratiques*, il vit qu'elles étaient l'objet de la gaîté des Parisiens, et il descendit vivement de sa voiture, comme s'il eût été impatient de prendre sa part de la fête.

Madame Poulet frémit en voyant accourir ce nouvel adversaire ; elle essaya de se soustraire au danger par la fuite, mais voyant bientôt que cela était impossible , elle jeta sur ses enfans un regard désespéré.

Le cocher s'avança comme un colosse , fendit la foule qui s'ouvrit respectueusement devant ses coudes , et s'arrêta avec majesté près des dames auxquelles il ne fut plus permis d'avancer.

C'était là le coup de grâce. Madame Poulet, demi-morte d'effroi, se pressa contre ses filles et attendit avec angoisses.

Le cocher, quand il vit que tous les regards étaient fixés sur lui, fit une charmante pirouette sur le **talon**, leva au dessus de sa tête le fouet que nous connaissons déjà et apostrophant les badauds.

— Quoique ch'est que cha, gringalets? s'écria-t-il, quoique cha veut dire, inchulter de braves femmes? ou n'êtes donc pas Francé? mille zieu....! Y a donc pus de chavoir vivre, que chez les cochers de coucou, quoi! Le premier cornisson qui ricane, millezieu! je te li carèche la fache qu'il en deviendra joli garchon... Eh ben! qui qu'en veut...? Riez donc, badauds? tout cheulement zun petit po, pour voare... Perchonne ne dit mot.. ch'est différent... Alors la première

perchonne qui chen va pas.. Chuf-
fit... Ze la rosse...

Mille auteurs ont écrit sur le
pouvoir de l'éloquence ; je suis enchanté de me trouver à même de
confirmer leurs théories par un
fait. L'exorde du cocher fixa à un
très-haut degré l'attention de son
auditoire ; pendant la confirma-
tion , le ricanement fit place à la
gravité, et au dernier mot de la pé-
roraison , la troupe joyeuse se dis-
persa comme une volée d'étour-
neaux.

Madame Poulet ne s'attendait
pas à ce qui venait de se passer ;
elle fixait de grands yeux ébahis
sur le cocher qui, resté maître du
champ de bataille , déposa les ar-
mes aux pieds de la beauté , ou ,
pour quitter la métaphore, plaça

son fouet au repos sous son bras gauche, prit poliment son chapeau de la main droite , allongea un pied en arrière en forme de salutation, pinça une mèche de ses cheveux, et, avec toute la grâce naturelle à MM. les cochers de coucou, adressa aux trois dames un compliment fort bien tourné.

— Bourcheoises, dit-il, avec un sourire enchanteur, ma voiture est à votre dispogichion.

— Mais mon mari..., mon mari..., qu'avez-vous fait de mon mari.. ?

— Je m'en fiche bien moi, de votre mari...! cornisson..., va !

— Mais enfin qu'est-il devenu ?

— S'il est devenu malin..., il a bien sangé...

— Où l'avez-vous laissé? Où est-il? Comment vous êtes-vous arrangés chez M. le Maire?

— Est-ce qu'il a voulu y venir cés le maire?

— Vous l'avez donc laissé partir sans vous payer?

— Le pus souvent! pardieu! ché cha... il m'a laissé cha montre et puis il a couru comme chi on lui avait promis vingt francs pour boare.

— Y a-t-il long-tems que vous l'avez quitté?

— Non, trois ou quatre petites heures.

Madame Poulet n'y comprenait plus rien.

— Allons, allons bourcheoises... y fait nouit, ma voiture chimpachiente... Hup! hup! montez et que cha finiche.

— Mais, mon ami, vous savez bien que nous n'avons pas d'argent...

— Qué que cha fé, et chi je veux vous mener gratiche, moi? Chilbert est bon enfant, allez... prenez-vous donc les cochers pour des cosaques... allons... hup... hup...

Madame Poulet n'avait pas d'autres moyens de se tirer de sa position critique; elle monta dans la voiture. Une fois là, elle sentit bien quelques inquiétudes; mais comme le coucou roula paisiblement sur la route de Paris, elles ne tardèrent pas à s'évanouir.

Jamais, peut-être, quatre femmes, renfermées pendant deux heures, dans un espace aussi étroit, ne furent aussi silencieuses. Aucun

mot ne fut échangé, chacune de
nos dames méditait sans rien dire,
et, si quelque bruit rare se faisait entendre, il était causé par un soupir d'amour échappé à la bouche
naïve de Clotilde, ou par un gé-
missement de colère que Jeannette n'avait pu étouffer tout-à
fait.

Dix heures sonnaient à Saint-
Sulpice, au moment où l'on arriva rue de Verneuil, où demeurait
la famille ; le cocher fit descendre
les dames, puis il grimpa sur son
siége et partit au galop sans demander son paiement.

La maison habitée par la famille
Poulet, n'était pas un de ces vastes
et beaux hôtels si communs dans
le faubourg Saint-Germain ; c'était
une habitation modeste, comme le

rang et la fortune de ceux qui l'oc-
cupaient. Point de porte cochère,
point de portier. Une allée un
peu étroite, un peu obscure, un
escalier pour la construction du-
quel le premier soin de l'archi-
tecte avait été d'économiser le ter-
rain, conduisaient au logement de
M. Poulet situé modestement au
troisième étage.

Les dames portaient avec elles
le passe-partout du locataire sans
portier ; elles entrèrent. Tout était
tranquille, rien n'annonçait que
M. Poulet, eût devancé sa famille.

Ce ridicule personnage était peu
aimable dans son intérieur ; il
avait cependant de bons momens ; on l'aimait autant que s'il
eût été plus présentable. Il était
hors du logis, dans les champs

peut-être... l'heure était indue pour
un homme rangé... il n'avait pas
d'argent, et sa distraction pouvait
le jeter dans une fondrière, dans
une carrière, sous les roues d'une
voiture... mille accidens, mille malheurs pouvaient lui arriver...

Ces réflexions désolaient trois
des quatre dames que nous venons
d'accompagner. Elles étaient pieu-
ses, elles demandèrent à la religion des consolations, et des espérances. A genoux dans la chambre à coucher de M. Poulet, elles
unirent leurs larmes et leurs
prières :

— O mon Dieu ! disaient-elles,
préserve mon mari, mon père, de
tout danger, ramène-le sain et
sauf sous son toit ; sois miséri-
cordieux pour qui t'implore, que

ta droite s'étende sur nous et
que .....

Un bruit soudain interrompit
cette prière ; c'était .... (un mira-
cle s'opérait-il ?) c'était M. Poulet,
M. Poulet lui-même qui ronflait
tranquillement dans son lit, tandis
que sa famille, tremblante et bai-
gnée de pleurs, invoquait Dieu
pour son repos, gémissait sur son
absence.

La surprise fut trop vive pour
que l'on respectât son sommeil ;
assailli d'une nuée de questions,
il ouvrit les yeux, allongea ses
membres et regarda, sans trop
comprendre, pourquoi il était ainsi entouré.

— Quelle heure est-il, femelles ?
— Il doit être fort tard.
— Je ne demande pas l'heure

qu'il doit être, je demande l'heure qu'il est.... Où est ma montre ?

Alors il chercha sur sa table de nuit un objet qu'il n'avait garde d'y trouver.

— Où est ma montre ? répéta-t-il ; mille tonnerres ! on a volé ma montre !

— Eh ! non, mon ami !... est-ce que tu ne te souviens plus du cocher ?

— Du cocher ?

— Oui... celui qui nous a conduits à Sceaux.

— A Sceaux.... un cocher.... mille tonnerres ! je vois tout... je sais tout... d'où venez-vous à cette heure ? Pourquoi m'avez-vous quitté ?.. Ah ! je devine maintenant... c'est fini !... Je n'ai pu l'empêcher..., je sens.... je suis....

Et M. Poulet, passant une main sur son front, s'élança de son lit et pantillonna dans la chambre.

— Mon ami, disait sa femme, calme-toi, rappelle-toi, je t'en prie, comment les choses se sont passées ...

— Femelle ! femelle ! tromper un mari qui t'aimait tant... Je te maudis...

— Mais c'est toi qui nous a quit-tées .., c'est toi qui nous a laissées, sans argent, sans protecteur ...

— Sans protecteur ! comme si des femelles n'en trouvaient pas à volonté ... Horreur ! soutenez-moi en face , que vous n'avez pas fait ...... que je ne suis pas ...... que... avec les jeunes gens qui étaient dans le coucou , coucou !

ce mot-là se lève devant moi comme un affront ...

Et le pauvre M. Poulet de plus
en plus agité, bondissait comme
uu chevreuil, malgré la légèreté
de son costume; le tout à la grande
satisfaction de Jeannette qui riait
de tout son cœur.

CHAPITRE II.

LE SÉDUCTEUR A L'OUVRAGE.

Resté seul dans le bois, après le départ de Madame Poulet, Anatole gémissait sur sa destinée. Le malheureux! il était un bonheur qu'il avait appelé toutes sa vie; ce bonheur s'était présenté à lui, et par sa faute, il l'avait chassé pour jamais.... c'était par un outrage qu'il avait payé la tendresse d'une femme aimante ... oh! qui lui rendrait ces illusions détruites, cet amour perdu !...

Et le malheureux faisant ces réflexions pleurait amèrement et se roulait sur la terre. Jeannette, rentrée dans le bois par les ordres de sa maîtresse le trouva dans cette position.

La jeune bonne se prit à sourire en le voyant si malheureux. Comme nous le faisons tous, elle jugeait le monde d'après son cœur; elle conjectura que les rigueurs de sa maîtresse, qui causaient apparamment ce désespoir, ne seraient pas éternelles, et elle jugea convenable de ne pas s'appitoyer sur des malheurs qui, selon elle, res-

semblaient beaucoup à de l'enfantillage.

— Monsieur, dit-elle en s'ap-
prochant, Madame m'envoie....

A ces mots, Anatole s'élança près
de Jeannette.

— Elle vous envoie.... elle ....
elle!.... il serait possible! Oh! dites.... dites-moi qu'elle m'a par-
donné.

— Dam ! je ne peux pas dire ce
que je ne sais pas.

— Oh ! je suis trop coupable....
elle ne me pardonnera jamais.

Jeannette sourit encore.

— Elle m'a chargé seulement de
vous demander votre adresse.

— Anatole Dulac, rue des Marais, n° 75.... Mais, de grâce,
Mademoiselle, dites-lui que vous
m'avez vu désespéré.....que j'em-

ploierai ma vie entière à lui faire
oublier....

Hélas! ces protestations étaient
perdues, Jeannette n'était plus là
pour les entendre.

Jeannette, il faut le dire, se
sentait beaucoup de dispositions à
être humaine pour ses adorateurs,
mais pourtant elle avait en grande
estime la sévérité dans le beau
sexe. Oh! elle avait de grandes qualités! Personne n'appréciait mieux
la théorie de la morale : quant à la
pratique, c'était différent. Était-ce
donc sa faute, après tout, si le
ciel ne lui avait pas donné la force
de s'y conformer! Non, et cette
idée la rendait tranquille; mais
elle n'en était pas moins bien aise
de trouver quelquefois une occa-
sion d'être cruelle sans efforts. A

peine eut-elle appris du jeune homme ce qu'elle voulait en savoir, qu'elle fit un nouveau sourire et partit comme un oiseau.

Anatole ne manqua pas d'attribuer cette conduite au mécontentement de son amante. Son désespoir, suspendu par une lueur d'espérance, parut se ranimer plus déchirant. Le malheureux jeune homme, prenant tout au sérieux, s'abandonnait à toute l'ardeur d'un premier amour, amour vrai, amour sublime dont la violence est sans frein dans la douleur comme dans les plaisirs.

Heureusement pour sa tête en délire, un mentor lui était destiné. Derbain le cherchait dans le bois; il ne tarda pas à le joindre. Celui-ci n'était pas homme à se dé-

sespérer des rigueurs d'une belle.
Il écouta pendant quelques instans les doléances de son compagnon de voyage, puis il partit
d'un grand éclat de rire.

— Voyons, s'écria-t-il, je ne
vous connais que d'aujourd'hui;
mais vous me plaisez..... Nous serons amis, si vous le voulez.

Anatole lui serra la main.

— C'est bien ! marché conclu....
Maintenant, mon nouveau titre
me donne des droits et m'impose
des devoirs.... je vais remplir les
uns et exercer les autres... Cela vous
convient-il ?

Anatole secoua la tête en signe
d'assentiment.

— C'est bien... les devoirs d'un
ami consistent dans une confiance
sans réserve ; mais si je veux obte-

nir la vôtre, je dois commencer
par vous donner la mienne.....
Écoutez-moi donc : d'abord, je n'ai
pas pour habitude de me jeter à la
tête du premier venu. Je vous ai
fait des avances, parce que je peux
vous obliger, et que vous pourrez
m'être utile... Vous aimez la mère,
et moi la fille, servons - nous dans
nos amours comme des gens de
cœur et des amis dévoués.

— Je présume, Monsieur, que
vos amours sont de ceux que l'on
peut servir sans honte ?

— Je suppose, Monsieur, que
vos amours avec une femme mariée sont très-licites et très-dé-
cens ?

— Monsieur !

— Monsieur ! !

— L'ironie de vos paroles est un outrage...

— Parbleu! dit Derbain en riant, voilà une manière originale de cimenter notre amitié naissante..... Ne nous fâchons pas, causons.

— Je vous demandais si je pouvais servir vos amours sans avoir à en rougir?

— Et moi, je vous demandais si l'adultère... Mais non... non... pas de mauvaises plaisanteries. Voyons, mon brave camarade, qu'entendez-vous par les paroles que vous venez de débiter?

— Elles me semblent claires cependant.

— C'est peut-être pour cela que je ne les comprends pas; j'adore les énigmes. Permettez-moi d'abord une question : Êtes-vous le parent des dames que nous venons de quitter ?

— En aucune façon.

— Êtes - vous l'ami de leur famille ?

— Je ne connais même pas leur nom.

—Mais , alors , quelles phrases saugrenues me faites-vous ?... Cette petite fille me plaît , je n'en disconviens pas ; mais voudriez-vous, par hasard, que je l'épousasse ?

— J'ai trop bonne opinion de votre caractère pour croire que vous pensiez froidement à séduire une belle et innocente jeune fille.

— Eh ! de quel pays arrivez-vous donc , mon camarade ? de l'île des Chimères, apparemment... Si vous habitez Paris depuis long-tems, il faut que vous y lisiez de bien mauvais livres.

— Les raisons de ma conduite se trouvent dans mon cœur.

— Oh ! puisque votre cœur est de la partie, je n'ai plus rien à dire.

Puis Derbain pensait à part lui :

— Comme il est dadais ! mais, baste ! il peut m'être utile.... ménageons-le... disons comme lui.

— Vous pensez en honnête homme, Monsieur, reprit-il à haute voix ; j'aime la vertu... chez mes amis. Du reste, soyez tranquille ; vous pouvez m'aider en toute sûreté de conscience ; mes projets sont ce qu'il y a au monde de plus moral.

— Hélas ! Monsieur, quels qu'ils soient, je ne pourrai plus vous être

utile.... des torts envers cette dame... ma brutalité...

— Enfant ! une femme réelle-
ment courroucée ne vous aurait pas
envoyé une ambassade. A quoi
bon l'adresse d'un homme que l'on
ne voudrait plus revoir?..

— Ah ! j'ai été si coupable !

— Je voudrais vous parler gravement, et vous me donnez envie
de rire..... Vous êtes bien neuf,
mon nouvel ami! voyons, à votre
tour, un peu de confiance......
Est-ce que vous n'auriez jamais
aimé ?

— Jamais.

— A la bonne heure ; mais, sans
avoir éprouvé de l'amour, on se
permet quelques fredaines........
Avez-vous une maîtresse ?

— Je n'en ai jamais eu...

Derbain croisa ses bras sur sa poitrine, et demeura quelques ins- ans plongé dans une stupéfaction comique.

—Allons donc, dit-il enfin, cela n'est pas possible.... Quel âge avez-vous ?

— Vingt et un ans.

— Vingt et un ans !.... et à Paris !.... où diable la virginité va-t-elle se nicher.

— Mais, Monsieur....

— Je vous parlais tout à l'heu-re des devoirs d'un ami : les miens envers vous seront plus pénibles que je ne le croyais... n'importe ! c'est à ses sacrifices que l'on reconnaît l'amitié... Je me charge de votre éducation.

— Je ne crois pas, Monsieur, que vous veuillez...

— *Sileat discipulus*! que l'écolier se taise.. soyez tranquille, j'en
sais assez pour professer.., imitez-
moi seulement et vous en ferez de
belles.

Puis, sans attendre une réponse, un mot, un signe de con-
sentement, il passa son bras sous
celui d'Anatole, il l'entraîna sur
la place du village et le fit monter
avec lui dans un coucou.

— Je ne m'étonne plus de ses
scrupules, pensait Derbain tout en
avançant sur la route de Paris, les
hommes vierges sont si niais! Il
faut que je dégourdisse mon Jo-
seph ; je n'ai que ce moyen pour
l'utiliser... Bah ! avec mes leçons,
je veux que dans huit jours, il ne
soit pas plus scrupuleux qu'un autre.

— Mon cher ami, continua-t-il en s'adressant à son compagnon de route, vous me faites l'effet d'avoir de l'esprit comme un ange et d'être bête comme un pot. Vous avez des dispositions , c'est incontestable... Vous vous comportiez fort bien avec votre maîtresse , quand elle était en présence de son mari , mais votre conduite dans le bois a été celle d'un écolier... Votre dame voulait s'égayer par une intrigue et vous prenez la chose au sérieux.... C'est *rococo*... Aujourd'hui , mon cher, on possède encore, mais on n'aime plus ; mettez-vous à la mode.., croyez-moi, mon très-cher ami... A propos, comment vous nommez-vous ?

— Anatole Dulac.

— Je me nomme Victor Derbain et je suis sensé faire mon droit. Que faites vous à Paris?

— Rien.

— C'est absolument comme moi. Mais comme moi aussi, vous devez avoir l'air de faire quelque chose... les parens ont tant d'exigeance.

— Je n'ai pas de parens.

— Que vous êtes heureux! j'ai un oncle riche à millions, il a cinquante-cinq ans et il ne veut pas mourir: il est absurde! si du moins il me faisait donation de ses biens... j'en ferais si bon usage!

— Il n'est probablement pas de cet avis.

— Bath! il veut que je travaille.

— Cela est assez naturel.

— Il ne me donne que cent louis par an, quoi qu'il sache bien que mon patrimoine me produit à peine mille écus de rente.

Combien je me croirais riche avec ce revenu! pensa Anatole.

— Croyez-vous qu'il m'a menacé vingt fois de sa malédiction, si je me conduisais mal à Paris, et qu'il a voulu me déshériter parce qu'on lui avait écrit que je fai is des dettes.

— Vous empruntiez donc?

— Brr... des bagatelles... je n'ai pas emprunté plus de trente mille francs en deux années.; vingt-quatre mois... c'est bien long..; trente mille francs... ce n'est guère.

— Trente mille francs!

— Cela vous étonne, n'est-il pas vrai? un oncle qui devrait avoir du bon sens et qui se fâche pour si peu... c'est ridicule!

--- Cet argent vous a servi sans doute à avancer vos études ?

— Mais, oui.., pas mal.., il est vrai que je n'ai pas mis les pieds à l'Ecole de Droit, mais j'ai suivi le cours de M. Andrieux ; je vais tous les soirs au spectacle ; je suis très-fort en littérature.

— Votre oncle sera fâché peut-être de trouver un bel esprit là où il voulait un bon jurisconsulte.

— Est-ce qu'il saura jamais ce que je fais ! Je lui écris que l'étude me rend malade, que j'ai passé un exame.. avec trois boules blanches, et il se frotte les mains, et il est content, et il me bénit... Je vous dis qu'il est bête.

— S'il apprend un jour que vous l'avez trompé....

—Pst... impossible...!Je puis l'a-
muser encore deux ans, et j'ai bien
compté sur mes doigts, il a les
cheveux blancs, il est cassé, il a
des chagrins que je ne connais pas,
il ne passera pas cette époque... Dites
donc, Anatole, comme ce sera beau
quand je serai millionnaire..: pauvre oncle! va.., ça me fend le cœur
rien que d'y songer... A propos, je
crois que nous n'avons pas dîné.

— Je n'ai pas faim, murmura
timidement Anatole.

— Sans doute, un amoureux novice! n'importe, vous me devez
obéissance; vous viendrez souper
avec moi... Je vous ordonne d'avoir
de l'appétit.

Cette invitation était faite au
moment où le coucou s'arrêtait sur
la place Saint-Michel; les jeunes

gens se dirigèrent vers la rue des Fossés-Saint-Germain-des-Prés et montèrent au premier étage d'une maison de fort belle apparence.

— Voilà mon logement, dit Derbain ; mon tout nouvel ami, vous êtes le bien venu sous mon toit...

L'appartement de Derbain était tel que devait le faire supposer ses mœurs et son caractère ; c'est-à-dire, riche et mal tenu. Le salon dans lequel Anatole fut introduit, était une jolie pièce, mais on appercevait sur le papier dont il était tendu, les places vides de tableaux que Derbain avait possédés jadis, mais qu'il avait fait disparaître dans un moment de gêne. Une pendule supportée par un bronze de Ravrio, ornait la cheminée, mais elle était surmontée d'une couche d'antique poussière. De belles porcelaines étaient placées sur un guéridon, mais elles étaient toutes félées, cassées, dépareillées. Le meuble en drap rouge était élégant, mais maculé, taché, brûlé par le cigare de la Havane, et couvert encore de la boue des bottes de son propriétaire.

Anatole, cependant admirait de bonne foi un luxe qui n'avait jamais frappé ses yeux, et Derbain, déjà étendu sur son canapé, observait avec une satisfaction d'amour-propre, l'extase muette de son nouvel ami.

Derbain sonna, un enfant de douze à quinze ans, espèce de groom en livrée, accourut à cet appel; son maître lui dit quelques mots, et bientôt il posa sur le gué-

ridon un beau poulet rôti, des ro-
gnons sautés, une salade, et des fla-
cons de cristal dans lequel brillait
un excellent vin de Graves.

— Voilà un repas bien mesquin,
dit Derbain, mais il est tard, mon
jokei n'a pu trouver que cela chez
Dagneaux. A la guerre comme à la
guerre... je suis garçon et votre
ami, voilà deux titres à l'indul-
gence.

Le pauvre Anatole aurait été bien
heureux s'il avait eu tous les jours
un repas comme celui que son
hôte trouvait indigne de lui être
offert : son appétit le pressait, il
s'assit, et bientôt les deux jeunes
gens mangèrent, burent et cau-
sèrent avec une cordialité de vingt
ans.

Il y avait long-tems qu'Anatole

ne buvait plus que de l'eau ; le vin
de la Gironde produisait sur sa tête
un merveilleux effet. Le souvenir
de sa misère avait complètement
disparu ; ses joues étaient colorées ;
ses yeux brillaient de gaîté ; il riait
avec abandon des saillies , des
confidences grivoises de son am-
phytrion.

— Oui, disait Derbain, j'aime
Clotilde et je veux l'avoir... : ce
sera ma quarante-neuvième maîtresse depuis deux ans...

— Allons donc !... vous plaisan-
tez, sans doute?

— Jamais... et dans ce nombre-
là, vous pensez bien, je ne compte
pas les passades, les grisettes qui
capitulent à la première somma-
tion, et ces femmes, plus accom-
modantes encore, qui sollicitent

de la police le droit de se vendre
au premier venu... A quoi bon parler des escarmouches quand on
compte tant de batailles rangées!...

— Quarante-neuf maîtresses!

— Vous en doutez?... c'est
mal!... Voulez-vous des preuves?
en voilà... Voyez-vous cette longue
tresse de cheveux blonds? elle m'a
été donnée par une innocente,
une Agnès comme mademoiselle
Clotilde. A cette époque-là j'étais
presque aussi novice que vous; je
voulais bien posséder, mais j'hési-
tais à séduire. Je perdis du tems en
scrupule; la petite était pressée et
ma foi! un autre...

— Vous l'enleva?...

— Non, il me vola seulement la
première nuit; j'eus la seconde,
mais vous sentez bien que ce n'é-

tait plus la même chose... Buvez
donc ce verre de vin... Voyez-vous
cette élégante jarretière? je la tiens
de la fille d'un avoué... une jolie
brune, sur mon âme !... de grands
yeux baissés, un front blanc toujours rougissant de pudeur, une
vraie figure de vierge..., et pourtant elle était la bien-aimée de tous
les clercs de son père; et les di-
manches, comme l'étude était fer-
mée, elle avait recours aux ama-
teurs du dehors...; j'eus l'honneur
de la posséder, moi dixième....
Anatole vous ne buvez pas...

— Quelle abominable femme!

— Elle était délicieuse; elle est
aujourd'hui mariée : c'est encore
la femme la plus décente de son
arrondissement.

— Maintenant, continua Der-

bain, regardez bien cet anneau....
La jeune fille dont je le tiens avait
une bonne vieille mère qui était en
adoration devant elle... : cette pauvre dame voyait en sa fille toutes
les vertus aussi bien que toutes les
grâces; elle avait un neveu, joli
homme, aimable, doux, charmant,
dont elle voulait faire son gendre.

Le jeune parent ne demandait
pas mieux, car il était amoureux
de sa cousine; celle-ci l'aimait
aussi, disait-elle, mais elle était
sévère, réservée, froide même,
avec l'homme dont elle voulait
faire un mari.

— Enfin, dit Anatole, en voilà
une qui se conduit honnêtement.

— Videz ce nouveau verre, et
écoutez-moi.

J'aimais de mon côté la chaste

petite, et comme je ne donne pas
dans le sacrement, on avait avec
moi un laissez aller plein de charmes.... La nuit on m'ouvrait la
porte; on me faisait traverser la
chambre à coucher de la maman
et presque sous les yeux de la pauvre vieille...

— Quelle infamie !...

— C'est une gentillesse. Tout le
monde admirait sa candeur, l'an-
gélique pureté de ses mœurs; elle
resta dix jours sans vouloir se montrer à son cousin, parce qu'il avait
osé effleurer son front du bout des
lèvres.... Ils sont, aujourd'hui,
mariés; et son époux était fier
comme un paon le lendemain de
ses noces.

— O mon Dieu! s'écria Anatole,

toutes les femmes sont-elles donc ainsi ?

— Sans doute, mon cher, il ne peut pas en être autrement..., c'est naturel : on exige des femmes des vertus impossibles; elles ne peuvent pas les avoir, elles les feignent ; nous voulons en faire des anges, elles se font des tartufes, voilà tout.

— Cela est bien triste, mon cher Derbain.

— Au contraire, cela est très-gai. Nous devons en conclure seulement qu'il ne faut pas s'en rapporter aux apparences, et qu'il est bon de défier des figures virginales.

— Mais il y a des exceptions.

— Je n'en connais aucune. Tenez, connaissez-vous des traits plus purs, un œil plus doux, une physionomie plus candide que celle de la jeune personne que je suivais dans les bois des environs de Sceaux ?

— Je jurerais que c'est un ange.

— Et vous feriez un faux serment. J'ai causé seul avec elle dans la forêt ; si vous saviez !... mais non... je ne dois pas vous le dire... Vous saurez seulement qu'à l'expression de ses baisers, à l'énergie de ses gestes, on pouvait deviner sans peine que sa jeunesse était expérimentée.

Derbain débitait avec aplomb ce tissu d'impostures et de calomnies ; Anatole rendu confiant par le vin, se laissait prendre à un ton d'assurance qui annonçait la conviction.

— Les femmes sont des êtres

dépravés ; l'on devrait les fuir
comme la boue , s'écria-t-il dans
une généreuse indignation.

— Ce sont des êtres charmans
que nous devons aimer sans scrupule, voilà tout. Il n'y a que les
niais qui se laissent prendre à de
belles apparences; il n'y a que des
dupes qui renoncent à posséder
une jeune et charmante jeune fille,
parce que , disent-ils, ils ne veu-
lent pas la séduire... La femme la
plus novice est toujours de moitié
dans une séduction. Son amour à
qui la soumet, son mépris au sot
vertueux qui la respecte et la manque.

— Vous voyez, mon très-cher
ami, que je tiens ma parole., je
vous donne d'excellentes leçons,.,
tout ceci n'est encore que théorie ,

qu'abstractions; mais laissez-moi faire; la pratique s'y joindra bientôt... Tenez, voulez-vous que je vous présente, dès ce soir chez des dames aimables? Nous y passerons la nuit, et vous me direz, demain matin, ce que vous pensez de la vertu du beau sexe... Vous ne voulez pas? eh! bien, nous irons plus tard... Restons chez moi; parlons un peu des dames de Saint-Sulpice, voulez-vous?

— Ce sont des dames fort aimables.

— La mère est une Vénus, la fille est un amour.

— La mère est si imposante et si belle!

— La fille est si mignonne, si jolie, si gracieuse!

2.   3 *

— La mère a tant d'âme dans le regard.

— Ah ! vous l'aimez, fripon !.... Qu'est-ce que je dis donc là ? Il faut que je prenne l'habitude de vous respecter ; vous serez mon beau-père... Ah ! ah ! ah !

— Vous comptez donc épouser la jeune fille ?

— Est-ce que vous vous proposez de vous marier à la maman ?

— Vous savez bien que je ne le puis pas.

— Est-ce que je le puis moi ? Il n'y a que les sots qui épousent : les roses sont pour les amans ; les maris n'ont que les épines.

— Mais tromper cette pauvre enfant...

— Elle a peut-être été trompée

déjà dix fois... Vous ne buvez plus, mon camarade?

— Mais si ; j'ai trop bu, je crois. Ma tête est lourde... Votre vin est délicieux.

— Eh! bien! sur ce vin qui vous paraît passable, jurons-nous amitié, fraternité, dévoûment, jusqu'à la mort...

— Oui...... jurons...... amitié! fraternité! dévoûment jusqu'à la mort !

— Nous jurons , sur l'honneur , de nous servir de tous nos efforts dans nos amours...

— Oui... oui... , nous nous servirons dans nos amours...

— Les femmes sont des perfides ; nous les tromperons de moitié.

— Oui... oui, nous tromperons comme des anges.

— Nous nous aiderons à posséder la maîtresse que nous aurons choisie.

— Ça va..., nous posséderons toutes les femmes...

— Et nous commencerons par Clotilde et madame Poulet.

— Clotilde !.... Oh ! vous la perdrez... Ne l'aimez pas, je vous en prie...

— Quand je vous dis que c'est une petite coquette qui se moquera de moi, si je ne me joue pas d'elle.

— Vraiment ?

— Parole d'honneur !

— Possédons Clotilde..., possédons madame Poulet, possédons...

— Nous posséderons toute la terre. Commençons toujours par ces deux femmes-là...

—Oui... , oui... commençons...
Avec un verre de vin comme ce-
lui-là , je commencerais tout de
suite. Comment ferons-nous pour
commencer ?

— Madame Poulet a demandé
votre adresse ; elle vous écrira ,
vous donnera un rendez-vous ; je
saurai l'heure , et pendant son absence, sa fille...

— Et si elle ne m'écrit pas ?

— J'ai d'autres moyens.

— Bah !

— Vous croyez peut-être que
j'ai besoin d'un verre de vin pour
m'inspirer ?... Non. Pendant que
vous pleuriez dans les bois de
Sceaux, j'agissais...

— Contez-moi donc cela.

— C'est tout simple. Je causais
de très-près avec Clotilde. Les

choses allaient admirablement. Une
bonne est venue tout déranger. Je
vous l'avoue, mon camarade, ce
contre-tems me découragea pendant quelques minutes ; mais cela
ne pouvait durer dans un cerveau
comme le mien. Je songeai à vous,
mon bon ami, et tout aussitôt je
me mis à votre recherche.

J'aperçus dans le bois un jeune
homme mis à peu près comme vous
l'êtes ; il marchait mystérieusement
et vite ; je crus que c'était vous ;
j'appelai. Mais le personnage se
conduisit d'une manière grossière...
sans me répondre, sans me regarder, il s'enfuit à toutes jambes.

Il était malhonnête, je n'ai plus
craint d'être indiscret ; d'ailleurs,
je croyais avoir affaire à un camarade, et l'on ne se fâche pas

entre amis. Je courus après lui, et comme je suis agile, je l'atteignis sur la grande route, je le regardai sous le nez ...c'était un visage inconnu... je le saluai et le plantai là.

— Il ne trouva pas votre conduite impertinente ?

— Il se mit à courir de plus belle. Je m'en revenais tristement dans la forêt, quand j'aperçus l'honnête cocher du coucou qui nous avait roulés à Sceaux. C'était une circonstance heureuse, j'en profitai sur-le-champ. Je hêlai le coucou ; et, comme il s'en retournait à vide, il s'arrêta avec l'empressement d'un homme qui croit avoir trouvé une pratique.

— Eh ! camarade, lui-dis-je, qu'avez-vous donc fait du gros

farceur que vous tiriez si bien par l'oreille ?

Le cocher se rembrunit, il aimait mieux un voyageur qu'un curieux.

— Qu'est-ce que cha vous fait, répondit-il d'une voix rogue et il leva son fouet pour faire avancer ses chevaux.

Mais je sais, moi, comment on doit s'y prendre avec des gens comme lui.

— Un instant, lapin ! criai-je, que diable ! tu es donc bien riche, puisque tu refuses un pourboire.

C'était là un mot irrésistible. Le cocher sauta au bas de son siége et mit le chapeau à la main.

— Comment, continuai-je, est-ce que tu ne me reconnais pas ?

— Che vous ai conduit à Scheaux
che choir...

— Tu ne m'avais jamais vu auparavant , je parie ?

—Attendez un inchtant... tiens...
c'est M. Derbain... , farcheur , va !..,
j'l'ai t'y chouvent mené à la campagne avec des cholies petites....
Comment cha va-t-il , monchieur
Derbain ?

— A la bonne heure... Il me
faut des renseignemens sur l'homme que tu conduisais chez le maire.
T'a-t-il payé ?

— Oui et non , M, Derbain.

— Comment cela ?

— Bah ! Un cocher , chet comme
un prêtre ; il doit tout chavoir et rien
dire... , exchepté pourtant à la pré-
fecture de poliche , ouche qu'on le
paye pour parler.

— Eh bien ! figure-toi que c'est M. le Préfet qui te donne cette pièce de cent sous, et parle comme si tu étais devant lui.

Le cocher s'inclina jusqu'à terre.

— Le gros farcheur qui vous intérèche, parche qu'il a de cholies filles, m'a laiché sa montre en cache, je la lui porterai demain à chon domichille.

A ces mots je fis un saut de joie.

— Tu as donc son nom et son adresse, demandai-je ?

— Certainement, puiche que je dois aller chez lui. M. Poulet, rue de Verneuil, n° 17, au troisième sur le devant, vigible de midi à deux geures.

— J'étais content comme un empereur. Qu'et-il devenu maintenant, demandai-je encore ?

— Voyez-le là-bas, sur la grand-route... Il va entrer dans le bois pour y serser ches cholies filles...

— Veux-tu gagner en cinq minutes une autre pièce de cent sous ?

— Chette bétige !... Je voudrais en gagner mille chi cha vous faichait plaisir...

— Cours après cet homme ; tu lui diras que ses dames t'ont chargé de le prévenir qu'elles repartaient à pied pour Paris, et qu'il les rejoindrait en chemin s'il voulait faire diligence.

— Ch'entends... Alors il prendra ma voiture.

— Non, je la retiens, moi, ta voiture. Vas et reviens tout de suite.

Le coucou fit la commission, et M. Poulet se prit à courir sur la

route de Paris après ses femelles
qui l'attendaient dans le bois.

Je fis un saut de joie en voyant
le succès de ma ruse ; j'avais envie de me présenter devant ces dames ; mais il y avait une maman
qui gênait ; je ne vonlus pas donner de soupçons, je changeai de
plan. Je chargeai le cocher d'être
poli avec la femelle de M. Poulet,
et de la ramener à Paris dans sa
voiture.

— Cré coquin ! s'écria le cocher,
est-che que ze ne cherai jamais cho-
lie femme !

— Maintenant, lui dis-je, il
faut que tu me remettes la montre
du vieux mari. Je n'ai plus assez
d'argent pour te payer ce qui t'est
dû ; mais voici un à-compte.....
Tu connais mon domicile ; tu

m'y as descendu souvent ; tu vien-
dras y chercher ton reste, il y
aura un joli pour-boire.

—Milxezieul ! cria le cocher dont
toutes les facultés admiratives
étaient en jeu, mille nom d'un
petit bonhomme ! quel gaillard !
Che n'aurais pas mieux fait, moi,
quand che m'en mêlais.... ; mais !
brrr... c'hest des bêtises .., j'aime
mieux boare... c'hest meilleur.

— Vous voyez, mon cher camarade, continua Derbain, que j'.i
bien conduit nos intérèts...: tiens !
il dort comme un sabot ... allons...
allons... Anatole! mon garçon! le-
vez-vous ..., allez-vous coucher ...
Madame Poulet vous enverra peut-
être un messager demain matin ;
il faut que vous soyez à votre domicile ...

— C'est vrai, dit Anatole en bâillant ; et, toujours un peu étourdi par le vin de Grave, il obéit machinalement, souhaita le bonsoir à son nouvel ami, et s'achemina vers la rue des Marais.

CHAPITRE III.

LA MÈRE ET LA FILLE.

LE lendemain du jour dont les
événemens nous ont occupés jusqu'ici, Clotilde, un peu plus pâle
mais plus jolie qu'à l'ordinaire,
sortit de son lit un peu tard.

Fille sage et chrétienne, sa première action fut de se recomman-

der à Dieu; elle s'agenouilla dévotement, récita de mémoire sa prière du matin; puis, ce devoir accompli, elle demeura dans la même attitude, les mains jointes et les yeux au ciel.

C'est qu'elle devait, ce jour-là, joindre une prière inaccoutumée à ses oraisons journalières; c'est qu'elle avait à faire hommage à la divinité d'un sentiment nouveau, d'un sentiment qui, depuis douze heures, occupait toutes ses pensées; d'un sentiment qui était devenu sa vie tout entière, qui la faisait doucement méditer pendant la veille et qui, dans les courts instans de sommeil qu'elle avait goûtés, avait pris dans ses rêves les formes les plus gracieuses.

C'en était fait du cœur de Clo-

tilde ; Derbain l'avait complètement subjugué. Cet amour était
né brusquement, il avait grand
bien vite ; mais cela devait être
ainsi.

Les fadeurs de la galanterie ont
blâsé sur l'amour la plupart des
jeunes filles. On leur a tant dit
qu'elles étaient jolies, qu'elles étaient
parfaites ; on les a accoutumées dans
le monde à tant de complimens
exagérés, que le langage de l'amour
est défloré pour elles au moment
où il leur serait doux de s'en servir.

Il n'en était pas ainsi de Clotilde. Son esprit était aussi pur
que son corps, chose rare par le
tems qui c...rt ! Élevée sous les yeux
d'une mere, bonne, mais éclai-
rée, tend , mais sans faiblesse ;

accoutumée à entendre donner quelquefois des éloges aux bonnes actions qu'elle pouvait faire, au bons
sentimens qu'elle montrait, mais
jamais aux charmes dont elle était
pourvue, elle ignorait qu'elle fût belle, elle ignorait plus encore, elle ne
connaissait pas le prix de la beauté.

Par un heureux concours de
circonstances, rien de ce qui l'a-
vait entourée jusqu'alors n'avait
altéré cette sainte ignorance.
Combien ne voyons-nous pas de
petites filles, à peine débarras-
sées des lisières, prendre au sérieux les hommages, pour la plupart intéressés, dont les hommes
entourent leur sexe, se croire
des créatures fort importantes, et
recevoir comme des choses qui
leur sont dues, les flatteries, les

prévenances, les soins des jeunes gens.

Clotilde n'avait pu prendre une opinion exagérée de l'importance de son sexe. Chacune des paroles de son père, chacune des actions de sa mère lui apprenait , au contraire, que la femme est faite, trop souvent, pour souffrir et se résigner.

Les rares amis de sa famille l'avaient confirmée dans cette opinion. Ils consistaient en quelques vieillards qui se gardaient bien de perdre leur tems à conter des fleurettes. Ils avaient vu Clotilde grandir insensiblement sous leurs yeux, à peine avaient-ils remarqué qu'elle était devenue grande fille ; ils la traitaient encore comme une enfant, et s'ils ne lui donnaient plus ni bonbons, ni joujoux, c'était encore par de petites tapes sur ses joues potelées qu'ils lui témoignaient de l'affection.

Clotilde avait pris l'habitude de se considérer du même œil. Innocente et naïve, insouciante et rieuse, elle jouait avec l'abandon, la gaîté, l'imprévoyance d'un enfant. Elle lisait quelquefois, mais ses livres, choisis avec soin par sa mère, étaient sans danger pour son cœur et son esprit. Elle avait entendu prononcer quelquefois le mot d'amour, mais le sentiment qu'il représentait était, selon elle, celui qu'une femme doit éprouver pour son mari.

Cependant, nous devons le dire, Clotilde, comme toutes les jeunes filles, avait quelquefois laissé errer son imagination sur ce chapitre délicat. Sans savoir au juste quelle était l'idée représentée par le mot mariage, sans connaître ni les devoirs, ni les plaisirs attachés à une union légitime, elle était entraînée par sa vocation de femme à rêver souvent à un lointain hyménée. Mais le mariage était pour elle un des complémens de la vie. Il fallait être grande demoiselle, avoir vingt ans, par exemple, pour qu'il fût permis d'y songer sérieusement. Elle avait à peine seize années, sa sœur, plus âgée qu'elle, devait être établie la première; son tour était donc bien loin d'être venu.

Il est facile de comprendre maintenant combien les premiers mots de Derbain durent produire d'effet

sur un cœur ainsi disposé. Clotilde avait été flattée d'abord de
trouver dans un jeune homme qui
paraissait distingué, un empressement, des égards, un respect
qu'elle n'avait encore remar-
qués chez personne. Les premiers
complimens qui lui étaient adressés
lui parvenaient par sa bouche ; elle
donnait toute leur valeur littérale
à des mots qu'elle n'avait pas appris à apprécier avec justesse. Elle
l'écoutait avec plaisir, elle le regardait avec bonheur, d'abord,
parce qu'il était joli garçon, ce qui
produit son effet sur toutes les
femmes, novices ou expérimentées,
ensuite parce que ses phrases ga-
lantes ou passionnées flattaient sa
naissante vanité de jeune fille ; il
lui plaisait surtout parce qu'il

était, croyait-elle, bon, humain, obligeant ; parce qu'il était accouru à son secours, parce qu'il avait versé son sang pour la défendre.

Tels avaient été les sentimens de Clotilde pendant les premiers momens de la promenade dans le bois. Mais quand le jeune homme eut fait retentir à son oreille le mot puissant, le mot magique..... *amour..*, il s'opéra dans le cœur de la pauvre petite un changement prodigieux. Ces deux syllabes firent tout à coup de l'enfant, une demoiselle. Elle n'était plus une petite fille, puisqu'on lui parlait d'amour. Ce mari qu'elle avait rêvé quelquefois, cet homme qui serait le compagnon, le protecteur, le bonheur de sa vie tout entière, il était là... là... devant elle.., oui,

Derbain serait son époux, il l'é-
pouserait puisqu'il l'aimait... car
amour et mariage étaient des syno-
nimes rigoureux dans son imagina-
tions chaste et novice.

Aussi, comme elle commençait
à l'aimer cet homme qui lui révé-
lait sa propre valeur, cet homme
dont la voix était si douce, le langage si touchant, les caresses si eni-
vrantes ; cet homme qui lui avait
donné un cœur, créé des sens, cet
homme qu'elle voyait si beau, si
bon, si parfait ; cet homme infâ-
me, cependant, qui voulait la
tromper et la perdre...

Clotilde , sans arrière-pensée,
sans soupçons, se livrait tout entière à l'entraînement d'une passion
naissante; mais tout en s'y livrant elle en était effrayée. Le mystère est un

des attributs de l'amour; Clotilde
sentait que les sensations qu'elle
éprouvait, que les sentimens qu'elle avait avoués à son amant devaient rester un secret pour tout le
monde. Habituée à tout dire à sa
mère, sa pudeur de jeune fille se
révoltait cependant à l'idée de lui
confier ce qu'elle n'osait se révéler à
elle-même. Ce fut à Dieu qu'elle
s'adressa dans son bonheur. Si sa
prière à Saint-Sulpice avait été
froide, distraite, ennuyée, il n'en
était pas de même de celle qu'elle
formulait maintenant; esprit,
cœur, âme, tout y contribuait
pour sa part : l'amour venait de lui
enseigner la religion.

Comme elle était belle en priant;
comme elle était gracieuse et ra-
vissante en demandant au ciel ce

2   4 *

bonheur auquel elle **croyait**, ce bonheur que ne pourrait jamais connaître la malheureuse femme livrée aux passions de **Derbain** !

Clotilde priait encore, au moment où sa mère parut ; celle-ci, immobile à la porte, la regarda pendant quelques momens, puis son œil se mouilla, elle leva les yeux au ciel : son cœur maternel était doucement ému en la voyant si belle.

— Mon enfant, dit-elle, quand Clotilde, qui était devenue toute rouge, se fut levée, la journée d'hier a été bien fatigante ; comment te trouves-tu ce matin ?

Ces paroles étaient simples et amicales, mais elles étaient accompagnées d'un regard si pénétrant, que Clotilde , toute décon-

certée, baissa ses longues paupières,
puis se jeta toute éperdue dans les
bras de sa mère.

— Que veut dire ceci, ma bien-
aimée? continua Madame Poulet,
en déposant un baiser sur le front
de sa fille, pourquoi cette agitation,
ce trouble? est-ce que nous aurions
quelque peine secrète?... Quelque
chose d'étrange se passe en toi,
mon enfant... Eh bien! asseyons-
nous... causons,.. rien n'est doux
au cœur comme les consolations
d'une mère.

Clotilde obéit en silence; elle
s'assit, mais sa rougeur augmentait toujours; elle la cacha de
nouveau dans le sein maternel.

— Comment donc, ma fille!
tu m'effraies.. ceci devient sérieux...
tu te tais... tu n'oses me regarder...

pourquoi cela, ma Clotilde ? Tu sais bien que je suis avant tout ton amie, et que les confidences de l'amitié ne t'ont jamais valu les gronderies de la maman... tu ne veux pas parler.... veux-tu que je devine ?

Clotilde tremblait , elle avait peur sans savoir de quoi; elle se tut encore , et sa jolie figure demeura toujours cachée dans le giron de sa mère.

— Enfantillage que tout cela, continua Madame Poulet d'une voix douce; j'ai trop bonne opinion de ma fille pour croire qu'elle puisse me cacher un secret important.., je suis convaincue qu'il s'agit seulement de quelque bagatelle, de quelque petit événement survenu hier à Sceaux pendant la promenade... un jeune homme t'aura parlé, voilà tout.

— Maman... ô maman! cria Clotilde d'une voix suppliante.

— Je vois que j'ai deviné. Il aurait mieux valu, sans doute, ne pas causer avec un inconnu, loin des regards de ta mère; mais, après tout, il est difficile de ne pas répondre quelques mots aux personnes qui nous abordent poliment .. je suis bien sûre du reste, que ma Clotilde a trop de bon sens pour se permettre une conversation suivie avec un inconnu, un mauvais sujet, peut-être.

— Un mauvais sujet! s'écria Clotilde dont les grands yeux étincelaient d'indignation. Mais bientôt s'apercevant de l'imprudence de son exclamation, elle se mit à pleurer.

— O maman ! maman ! si tu savais... murmura-t-elle.

— Je sais à peu près. Un jeune homme t'a parlé dans le parc ; il t'a dit qu'il te trouvait jolie ; il t'a dit plus que cela peut-être...

— Oh ! oui..., plus que cela.
— Il t'a dit qu'il t'aimait...

— Ah ! oui, maman... et... et... d'amour encore... Oh ! si tu savais comme il m'aime !

La glace était rompue ; Clotilde, dont le cœur était trop plein, était prête à l'épancher maintenant ; son secret tout entier était venu sur ses lèvres ; il brûlait d'en sortir.

— Il t'aime... Pauvre enfant ! Tu crois à un amour révélé de cette manière, tu crois à un sentiment qui s'est développé si vite !

—Si vite ! oh ! non... il m'aime depuis six mois...

— Depuis six mois ! s'écria madame Poulet dont le front se couvrit d'un nuage, depuis six mois ! et tu ne m'en as rien dit.... O Clotilde !

— Hélas ! maman, je l'ignorais ; je ne l'ai appris qu'hier.... Il me respectait trop pour me l'apprendre plus tôt.

— Tu le connaissais, du moins, ce jeune homme ?...

— Je ne l'avais jamais vu.

— Et tu l'as écouté !... O mon enfant ! ce n'est pas bien.

— Si tu savais combien il est bon, combien il est doux et timide... En jouant dans le bois, j'é-

tais tombée sur un buisson; les
épines me faisaient bien souffrir...
je ne pouvais pas m'en tirer...,
c'est lui qui est venu à mon secours; c'est lui qui m'a délivrée...
il a si bon cœur !

Chaque mot de ce récit naïf ef-
frayait madame Poulet. L'amour
se trahissait dans chacune de ces
paroles. L'imprudente aimait, elle
aimait un inconnu, un aventu-
rier, un malhonnête homme peut-
être...

Plus la situation était délicate,
plus il fallait de ménagemens pour
en sortir. Madame Poulet n'était
pas de ces femmes qui, oubliant
les sensations de leur jeunesse,
croient tout sauver en débitant un
sermon, lardé à chaque phrase
de mots sonores, mais un peu vi-

des, de *raison* et de *devoir*; elle se
souvenait à merveille que, chez
une jeune fille, il n'est pas de discours qui puisse lutter contre un
sentiment, et que l'éloquence est
toujours faible contre la nature et
l'amour. La passion que Clotilde
venait de trahir était bien récente
encore... Il n'était pas impossible de
parvenir à l'éteindre, mais la tâ-
che était difficile; c'était l'amie et
non la mère qui devait essayer de la
remplir.

Madame Poulet reprit la parole :

— Ce jeune homme doit avoir
des dehors honnêtes puisqu'il a
plu à mon enfant. Mais as-tu bien
réfléchi aux vices que peut mas-
quer un brillant extérieur ?... Que
d'hommes pervers revêtus des formes d'un ange ! Que de libertins

cachant sous des paroles mielleuses d'infâmes projets! Que de jeunes gens toujours prêts à tromper par un faux amour une jeune fille crédule, parce qu'elle est innocente! Disposés à tout prix à en faire le jouet d'un jour, jouet qu'ils brisent avec mépris, le lendemain... Pourquoi t'agiter ainsi, mon enfant, pourquoi frapper le parquet de ton pied? Mes paroles t'irritent, je le vois... : c'est sans doute parce que tu ne les comprends pas. Je n'entends pas dire que le jeune homme qui nous occupe soit un méchant; mais il en est tant dans le monde, qu'un peu de méfiance est juste et nécessaire. Nous saurons ce qu'il est, ma Clotilde : s'il t'aime, s'il est digne de toi, eh bien! sois en sûre, tes parens ne voudront jamais que ton bonheur.

Clotilde pleura plus fort à ces mots ; elle se jeta de nouveau dans les bras de sa mère; mais ce mouvement était commandé par la joie plutôt que par l'embarras.

— Tu sentiras, ma fille, reprit madame Poulet, qu'il est important que nous connaissions tout de suite l'homme qui t'aime et qui te l'a dit... comment se nomme-t-il ?

— Hélas! maman... je.... je n'en sais rien.

—Lui as-tu donné notre adresse ?

— Il la savait. Depuis six mois il passe sa vie sous nos croisées. Je ne l'ai jamais vu... Il me l'a dit.

— Cela me paraît un peu fort... la rue que nous habitons est solitaire... Ce jeune homme aurait été remarqué, et jamais... N'importe, tu peux du moins me le signaler de manière à me le rappeler, si, par hasard, je l'avais vu.

— Mais tu le connais, maman... il était avec nous dans la voiture de Sceaux.

A ces mots madame Poulet se leva brusquement, elle arrêta sur sa fille un regard fixe et étincelant, puis elle pâlit et trembla de tous ses membres.

—- J'ai mal entendu, sans doute, s'écria-t-elle, il était dans la voiture de Sceaux ! N'est-ce pas là ce que tu as dit?.... parle.... parle donc.

Le ton dont elle prononçait ces paroles était si différent de celui qu'elle avait pris jusque-là, il y avait tant d'émotion dans sa voix, tant d'agitation dans toute sa personne, que Clotilde, consternée, tremblante, baissa la tête et ne répondit pas.

L'impatience de madame Poulet en devint presque convulsive ; elle saisit brusquement la main de sa fille, et, la secouant de manière à disloquer ses membres délicats, elle criait d'une voix dure :

— Ne m'entends-tu donc pas !... Répondras-tu, malheureuse !...

— Oui, maman, je te l'ai dit, murmura Clotilde épouvantée, il était dans la voiture.

— O mon Dieu ! s'écria madame Poulet en se jetant à genoux, mon Dieu ! je t'en conjure, préserve-moi de ce malheur !

Un long silence succéda à cette prière. Madame Poulet s'était assise ; la tête appuyée contre la muraille elle sanglotait et se tordait

les mains .Clotilde , immobile auprès d'elle , la regardait tristement;
elle ne comprenait pas cette scène,
mais elle pleurait de la douleur de
sa mère.

Il était évident que madame Poulet , tout occupée d'Anatole, venait de faire un quiproquo. Indif-
férente pour Derbain, elle l'avait
à peine remarqué; son souvenir
cependant revint tout à coup se présenter à sa mémoire :

— Ils étaient deux! ils étaient
deux! s'écria t-elle avec un élan
de joie.

— Oui, maman.

— Quel est celui qui vous aime...? Mais répondez donc vîte....
voulez-vous donc me faire mourir?

— O maman! peux-tu me le demander? celui qui m'aime est le plus beau.

Cette réponse ne pouvait rien apprendre, car les deux dames ne pouvaient être d'accord sur la beauté des deux hommes.

— Oui, continua Clotilde, c'est le plus beau, le plus grand, le mieux vêtu...

Ce dernier mot commençait à tout expliquer : une femme peut se faire illusion sur le degré de beauté de l'homme qu'elle préfère ; mais l'amour n'aveugle pas au point de faire d'un drap râpé un habit neuf, ni un costume élégant de guenilles. Anatole était mal mis ; il s'agissait donc de l'autre compagnon de voyage.

— O mon Dieu ! je te remercie, s'écria madame Poulet avec un élan passionné, et des larmes de joie ruisselèrent sur sa figure.

Ce premier moment de bonheur fut pourtant de courte durée; cette dame aimait trop sa fille pour ne pas revenir sur-le-champ aux dangers qui la menaçaient.

Madame Poulet avait une âme passionnée, un cœur tendre. Une jeunesse pleine d'amour et de déception lui avait appris à se défier des apparences, à donner aux sermens des hommes une valeur un peu au-dessous de celle d'un compliment; elle ne partageait donc point les illusions de Clotilde. Et puis, outre la méfiance ordinaire aux gens qui ont vécu et qui ont souffert, elle avait quelques raisons particulières pour ne pas croire à la

sincérité de l'amant de Clotilde;
elle reprit la parole :

— C'est donc là l'homme qui,
dans une première entrevue, a su
inspirer tant d'intérêt à une jeune
personne raisonnable !....je ne l'ai
pas assez remarqué pour savoir s'il
est aussi *beau* que tu le dis, mon
enfant; mais il m'a fallu peu de
tems, peu d'attention pour découvrir en lui des défauts qui t'au-
ront frappée sans doute. Il y a dans
ce jeune homme une grande im-
pudeur et beaucoup d'effronterie.

— O maman !.. si tu le connaissais mieux...

— Quoi! Clotilde... tu n'as pas
remarqué dans ses regards, dans
ses manières, une hardiesse effrontée qui indigne?

— Si fait, continua la jeune

fille en rougissant beaucoup, ses yeux me faisaient peur dans la voiture; mais, plus tard,... ils étaient si doux, si respectueux, si timides... Oh! ils ne m'effrayaient plus du tout.

— Et trouves-tu, dis-le moi, sa conduite bien convenable? Comment! il t'aime, dit-il, depuis six mois, et, presque sous tes yeux, il vient prendre des libertés avec une bonne, avec une servante, avec Jeannette en un mot...

— Avec Jeannette! s'écria Clotilde en pâlissant.

— Oui, mon enfant, je l'ai vu. Ses procédés, comme tu le vois, ne sont pas bien délicats! Et puis, est-ce qu'un jeune homme qui t'aimerait aussi respectueusement qu'il le dit, est-ce qu'un homme

qui serait honnête et digne de toi,
aurait cherché à te parler de cette
manière?.... Non, ma fille, crois-
en mon expérience; un homme
dont les vues sont pures ne se com-
porte pas ainsi; il ne cherche pas
à arracher par la ruse ce qu'il peut
obtenir par des voies franches et
honorables. C'était à nous, c'était
à tes parens qu'il devait s'adresser;
il ne devait pas s'efforcer d'enlever
à une mère la confiance de sa fille.
Je te le répète, c'était à nous qu'il
devait d'abord te demander.

— O maman, il vous... il... il
demandera.

— Te l'a-t-il dit, Clotilde?

La jeune fille baissa la tête et se
tut.

— Tu le vois donc, ma fille,
continua madame Poulet, il t'a

parlé d'amour mais nullement de mariage. C'était pourtant par là qu'il aurait dû commencer.

— Pourquoi me tourmenter ainsi, maman..? Si vous l'aviez entendu... vous croiriez... vous seriez sûre.

— Ton bonheur est chose trop précieuse pour moi, ma bien-aimée, pour que je le joue sur un peut-être. Il peut se faire que ce jeune homme soit honnête, mais il est certainement à craindre qu'il ne le soit pas. C'est à tes parens et non à toi, enfant sans expérience, à prononcer là dessus. S'il est digne de toi, s'il fait près de nous les démarches d'usage, tu peux être sûre que je te servirai de tout mon pouvoir; de ton côté, ma bonne Clotilde, il faut que tu

me promettes de ne plus le voir,
de ne plus lui parler, de ne recevoir de lui ni lettres ni messages,
jusqu'au moment où nous connaî-
trons ses intentions, sa fortune,
son caractère..; tu me le promets,
n'est-ce pas?

— Oui, je le jure..., je le jure
sans peine et de bon cœur, car il
viendra, j'en suis certaine; quelque chose me dit qu'il viendra bientôt.

— Et moi, mon enfant, je crois,
au contraire, qu'il n'osera plus
t'attaquer quand il te verra défen
due par l'œil vigilant de ta mère,
j'espère qu'il ne viendra jamais.

Comme elle achevait cette phrase,
la porte s'ouvrit et Derbain s'élança
dans la chambre.

CHAPITRE IV.

UN BEAU MOMENT DE JEANNETTE.

DERBAIN, en se réveillant, avait envoyé son groom s'informer chez le portier de la maison rue des Marais, n° 75, s'il n'était pas arrivé une lettre, un message à l'adresse d'Anatole. Madame Poulet n'ayant rien envoyé, Derbain avait résolu d'agir sur-le-champ par lui-même.

Naturellement élégant et bien mis, il donna ce jour-là, des soins extraordinaires à sa toilette ; il fallait que Clotilde fût complètement subjugée. Deux heures s'écoulèrent dans ces importantes occupations ; mais aussi quand tout fut terminé, on aurait pu le voir souriant dans sa glace qui lui renvoyait les traits d'un bel homme et d'un joli garçon. Fier de sa personne, orgueilleux de son esprit, il s'élança, triomphant par anticipation, vers la rue de Verneuil où demeurait M. Poulet.

Rien de commode pour une intrigue comme une maison sans portier. Derbain se glisse dans l'allée sans être arrêté par des questions indiscrètes, et il grimpe lestement l'escalier. Il est déjà au second étage ; il se sent dispos , leste , joyeux car il touche au but qu'il désire , mais une femme descend , elle s'arrête en face de lui et pousse un cri étouffé. Cette femme était Jeannette.

La figure de la colérique bonne passa en quelques secondes par tous les tons de la couleur. Son amoureux de Saint-Sulpice s'introduisait dans la maison, et elle voyait bien que ce n'était pas pour elle... La rage la suffoquait. Aussi impétueuse dans sa haine que dans ses amours, se passionnant pour nuire comme pour aimer, elle était en proie en ce moment à des mouvemens nerveux qui trahissaient la violente agitation de son âme.

Trop émue pour pouvoir parler, elle remuait ses lèvres qui ne lais-

saient sortir aucun son articulé, et
qui se couvraient peu à peu d'une
salive écumante et blanchâtre. A
défaut de paroles qui ne venaient
point, des cris qu'elle ne pouvait
pas faire entendre, elle trahissait
des intentions hostiles par des gestes énergiques et furibonds.

D'une main tremblante elle avait
saisi la rampe de l'escalier, de l'autre elle se cramponnait à la muraille, et là, elle semblait braver le
jeune homme et paraissait décidée à
lui disputer le passage.

Cet obstacle inattendu pouvait
gravement compromettre les projets de Derbain. Il sentit qu'il fallait la surmonter, mais il vit aussi
d'un coup d'œil que la fureur de
Jeannette n'était pas de celles que
l'on éteint avec des mots. Si elle

n'avait été courroucée que pour un
amour trahi , peut-être y aurait-il
eu du remède; mais il savait ce
qu'il y a d'implacable dans une
vanité de femme outragée... Il demeura donc un instant immobile,
muet, déconcerté, en face de la
jeune bonne dont les regards flam-
boyaient.

Pourtant son effronterie naturelle reprit bientôt le dessus; un
tems très-court lui rendit son assurance. Sa figure redevint calme , riante; sans avoir l'air de re-
marquer l'état de Jeannette, il
s'approcha d'elle en souriant, passa une main familière autour de
sa taille, et, posant ses lèvres sur
sa joue, il lui donna un baiser.

Cette caresse était douce, mais
elle ne produisit pas son effet or-

dinaire. Jeannette s'obstina à n'y trouver qu'un outrage de plus. Sa colère en augmenta ; elle fit un violent effort et recouvra la parole.

— Insolent ! s'écria-t-elle, que venez-vous faire ici ? sortez... tout de suite..., à l'instant..., devant moi...; ah ! j'appelle ..., je crie... Je vous fais chasser à coups de canne.

— Pourquoi cette fureur, mon enfant ? demanda Derbain avec calme, est-ce donc ainsi que vous recevez les gens qui vous aiment et qui viennent vous voir ?

— Me voir ! lâche menteur ! c'est à mademoiselle que vous en voulez....., à cette petite poupée qui fait la sainte nitouche et qui court les bois avec les garçons ....

sortez ..., sortez ..., ou j'appelle son
père.

— Voyons ..., ne fais donc pas
l'enfant ..., que gagneras-tu à faire
une scène ? des désagrémens et
voilà tout. Tiens, je suis bon homme, tu es bonne fille, tout cela
peut s'arranger.... prends ceci et
laisse-moi passer.

Derbain, toujours généreux
quand il s'agissait de ses passions,
avait eu recours à un moyen qui
manque rarement son effet; il
venait de glisser deux pièces d'or
dans la main de Jeannette.

Celle-ci regarda les deux louis
qui brillaient entre ses doigts,
puis, de toute la force de son poi-
gnet, elle les envoya rouler sur
les degrés.

— Sortez..., sortez ! cria-t-elle

de nouveau... L'orgueil chez la petite fille était plus puissant que l'intérêt.

Derbain ne savait plus que devenir.

-- Mais, ma chère enfant, reprit-il du ton de voix le plus caressant, le plus doux, comment ai-je donc mérité une réception pareille ? hier tu m'accueillais si bien... et aujourd'hui...!

— Sortirez-vous, enfin ? hurlait Jeannette.

— Non. Je ne sortirai pas. Je t'aime trop pour te quitter..., on m'a nui dans ton esprit, il faut que je m'explique.

Et pour donner plus de poids à son explication, il serra Jeannette sur sa poitrine et lui donna quelques baisers. Mais il avait beau faire, insensible à ses discours, à ses caresses, elle cherchait par ses mouvemens rapides à s'arracher de ses bras en répétant toujours sa phrase impérieuse et concise :

— Sortez, Monsieur ! je veux que vous sortiez!...

— Je vois ce que c'est, continua Derbain, qui faisait jouer tous les ressorts, tu te fâches parce que tu m'as rencontré causant dans le bois avec ta jeune maîtresse...

— Qu'est-ce que cela me fait ! je me moque bien de tout ce que vous pouvez faire... mais M. Poulet ne veut pas que les jeunes gens viennent flâner dans sa maison et je vous ordonne de sortir.

— Vous ne m'en imposerez pas, Mademoiselle, je vois la cause de

votre colère ...; vous m'avez soup-
çonné ...! vous m'avez cru infi-
dèle ...; c'est bien vilain de votre
part !

Jeannette ouvrit de grands yeux
où l'on pouvait lire alors autant
d'étonnement que de colère.

— Petite folle ! continua Derbain, comment avez-vous pu croire
que je vous quitterais pour une mi-
jaurée comme votre maîtresse ...;
rends-toi donc plus de justice, mon
enfant; est-ce qu'on peut l'aimer
quand on te voit ? Tu es aussi jolie, et tu es mille fois plus pi-
quante ..., c'est elle, au contraire,
que j'ai abandonnée pour toi.

— Ah! fit Jeannette toute éba-
hie.

— Oui, ma chère enfant, je connais Clotilde depuis six mois; elle

me plaisait assez quand je ne te connaissais pas ; maintenant je la quitte et je t'aime.

— Alors, que venez-vous faire ici ?

— Je viens t'y voir d'abord.

— Eh bien ! vous m'avez vue... partez.

— Ensuite il faut que je parle à ton maître.

— Je vois ..., je devine..., cria Jeannette en frappant du pied, oui ..., je comprends..., vous venez lui demander sa fille.

Derbain partit, à ces mots, d'un éclat de rire si naturel et si franc, que Jeannette commença à gesticuler un peu moins et à réfléchir davantage.

—- Enfant ! continua le jeune homme, si je voulais devenir le gendre de M. Poulet, que m'importerait ta colère ? je me plaindrais de ta conduite, je te ferais mettre à la porte, tout serait fini.

Jeannette ne répondit pas, elle réfléchissait toujours.

— Oui, ma petite, crois-bien ce que je te dis ; c'est toi seule que j'aime.

— Vous mentez ! reprit Jeannette ; vous n'aimez ni moi, ni personne. Vous avez voulu me tromper : vous voulez tromper Mademoiselle Clotilde ; vous tromperez toutes celles qui voudront bien vous écouter.

— Petite sotte ! quelle vilaine idée avez-vous donc de moi.!...

— Ne vous plaignez pas. Ma façon de vous juger, servira vos

projets ; je ne veux plus de vous.

— Voilà de la vertu ou le diable m'emporte, dit Derbain en éclatant de rire.

— Appelez-le comme il vous plaira. M. Poulet est sorti ; entrez... je vais vous ouvrir la porte.

— Sérieusement, Jeannette ?

— Très-sérieusement. la chambre de mademoiselle Clotilde est la seconde dans le corridor à gauche.., la clé est à la serrure..., entrez si vous voulez..., moi, je vais chez M. Anatole.

La partie se présentait magnifique ; Derbain se hâta d'en profiter. Sans s'amuser à chercher la cause du brusque changement de Jeannette, il utilisa ses bonnes dispositions, et pénétra dans l'appartement de Clotilde.

— Petite effrontée ! murmurait Jeannette en descendant rapidement l'escalier, me tromper comme elle l'a fait ! faire la pucelle et m'enlever mon amant...! c'est affreux ! c'est impardonnable ! mais ce jeune homme n'a pas de cœur... c'est un mauvais sujet... ; qu'elle l'aime ...! je serai vengée ... !!

CHAPITRE V.

COMMENT DERBAIN SE FAIT VICOMTE.

LE cœur de Clotilde battit bien fort au moment où Derbain entra dans sa chambre. Les discours de sa mère commençaient à l'inquiéter sur ses amours : aussi, à la vue du bien-aimé, elle rougit de plaisir , elle leva les bras au ciel avec reconnaissance et ferveur , puis , dans sa gaîté naïve , elle frappa ses deux petites mains , et s'élança au cou de madame Poulet stupéfaite.

— O maman..... maman...., s'écria-t-elle, c'est lui ! je savais bien , je t'avais bien dit qu'il viendrait..,

— Elle pensait à moi, se dit Derbain , charmante enfant ! Va , sois tranquille je serai reconnaissant...

Madame Poulet , moins confiante que sa fille , ne voyait pas cette apparition d'un œil tout-à-fait aussi favorable. Si ce jeune homme eût eu des intentions honnêtes , pensait-elle , il eût choisi pour une première entrevue une heure et un lieu plus convenables , il eût frappé à la porte au lieu de s'introduire à la dérobée, il serait plus timide et n'aurait pas pénétré dans la chambre de celle dont il voudrait faire son épouse quand il pouvait attendre au salon.

Ces réflexions étaient de nature à lui inspirer de la défiance ; mais si de graves soupçons germaient en elle, ils pouvaient être mal fondés. Il fallait donc les cacher avec soin, observer en silence, et ne rien précipiter dans une affaire qui touchait de si près au bonheur de son enfant. Elle salua poliment et attendit.

Derbain était vivement contrarié de rencontrer madame Poulet là où il croyait trouver Clotilde seule : il n'eut garde, toutefois, de laisser percer son désappointement. Plein de grâce et de politesse, il

adressa aux deux dames des excuses
sur une indiscrétion qui le faisait
pénétrer auprès d'elles sans avoir
été annoncé; mais sa hardiesse mé-
ritait peut-être un peu d'indul-
gence. Il avait frappé sans pouvoir se faire entendre; et il était
entré, parce que l'affaire qui le
conduisait chez elle était de nature
à ne pas souffrir de retard.

Madame Poulet l'écoutait poliment, mais sans le prier de s'as-
seoir. Le jeune homme fit comme
s'il eût été chez lui; il présenta des
chaises et s'assit familièrement.

— Permettez-moi, Mesdames,
de me féliciter en me retrouvant
près de vous. La journée d'hier est
une de celles qui laisseront dans
ma vie des souvenirs ineffaçables...

— Est-ce à moi, Monsieur, ou

bien à mon mari que vous désirez avoir affaire? demanda froidement madame Poulet.

A aucun de vous deux, pensa Derbain.

— Je désirais, Madame, reprit-il à haute voix, avoir l'honneur de vous présenter mes hommages ; mais c'est à M. votre Mari que j'ai besoin de parler.

— En ce cas, Monsieur, dit madame Poulet en se levant, vous voudrez bien prendre la peine de revenir ; il est sorti.

Derbain demeura sur sa chaise.

— Non, répondit-il froidement, j'attendrai ; puis reprenant la voix flûtée et l'air insinuant :

— Je vois que les fatigues de la journée d'hier n'ont laissé aucune trace ; permettez-moi de me féli-

citer d'avoir contribué à vous en
éviter une partie.

— Je ne vous comprends pas,
Monsieur.

— Il était tard quand vous êtes
parties de Sceaux ; vous auriez eu
beaucoup de peine à vous procurer une voiture ; je suis revenu à
pied, mais heureux et content,
puisque je vous avais cédé la
mienne.

— Quoi ! Monsieur, ce cocher...

— Était à mes ordres, Madame.

— Comment se fait-il que vous
ne soyez pas venu vous-même ?...

— Votre mari n'était plus là,
Madame ; je craignais de vous voir
refuser les faibles services d'un
homme qui était encore un étran-
ger pour vous.

— Aurait-il de la délicatesse? pensa madame Poulet.

— Il est aussi bon, aussi complaisant qu'il est aimable et beau, pensait la pauvre Clotilde.

— Mon mari, Monsieur, vous exprimera toute notre reconnaissance, en attendant, permettez-nous...

— De vous retirer? comment donc! ne vous gênez pas, je vous en conjure; seulement vous voudrez bien me permettre d'attendre ici, car il faut absolument que je parle ce matin à M. Poulet. Je demeure si loin qu'il me serait impossible de revenir dans la journée.

Madame Poulet se rassit avec un peu d'humeur.

— A merveille, Monsieur, répondit-elle, attendez ici si cela vous paraît convenable.

Puis, s'adressant à Clotilde.

— Ta sœur a besoin de toi, ma fille, laisse nous seuls, je t'en prie.

La pauvre enfant jeta sur sa mère un douloureux regard ; mais, obéissante et résignée, elle s'éloigna sans mot dire.

— Maintenant, Monsieur, continua madame Poulet, nous pouvons parler sans réserve. J'ignore le prétexte de votre visite, mais j'en connais le motif.

— Je ne vous comprends pas.

— Je vais parler plus clairement. Je suis informée de tout ce qui s'est passé hier dans le bois des environs de Sceaux....

— Madame... je ne puis deviner....

— Il ne faut cependant que de la mémoire et de la bonne volonté.. , ma fille m'a tout dit. J'ignore qui vous êtes, Monsieur; mais Clotilde est sage, bien élevée; ses parens sont honnêtes, respectés ; l'on ne peut avoir sur elle que des vues honorables.

— Où diable me suis-je fourré ! murmura Derbain entre ses dents.

— Dans toute autre circonstance, je me montrerais moins pressante; mais votre conduite, un peu légère peut-être, justifie ma sollicitude. J'espère que, si vos intentions sont telles que je dois les supposer, vous n'hésiterez pas à me donner les renseignemens nécessaires sur votre famille et votre position.

— Rusons, pensa Derbain, il n'y a que ce moyen de me tirer d'affaire pour le moment et de m'assurer Clotilde..; voyons.., faisons du sentiment.

Aussitôt, il prit une attitude humble, des yeux supplians ; il feignit un embarras qu'il était bien loin d'éprouver, et, quand cette pantomime eut suffisamment attiré l'attention de madame Poulet, il se leva brusquement comme s'il eût surmonté sa timidité par un effort, et il se jeta aux pieds de la bonne dame à demi épouvantée.

— Pitié! pitié! s'écria-t-il du ton de l'acteur Frédéric, dans un *mélodrame* d'Alexandre Dumas; pitié pour moi, pitié car je suis coupable, coupable d'imprudence et d'amour.

— Que voulez-vous dire ? s'écria madame Poulet, en reculant avec une espèce d'effroi et en cherchant à se diriger vers la porte.

Derbain se traîna sur ses genoux et s'empara de sa main.

— Vous avez deviné juste, Madame; j'aime votre charmante fille. Clotilde est un ange... Ah ! permettez-moi de l'adorer ..

Derbain, en parlant ainsi, ne savait pas trop ce qu'il voulait faire ; son dessein était de persuader que ses intentions étaient pures, et de parvenir, au moyen de quelques phrases aussi creuses que sonores, à se ménager une entrée dans la maison. Il ne s'apercevait pas qu'il venait de dépasser son but, et qu'une déclaration aussi positive lui fermerait toutes les portes, s'il ne la faisait suivre immédiatement d'une demande en mariage, chose à laquelle il était bien loin de songer.

Du reste, Madame Poulet, qui ne pouvait lire dans le fond de sa pensée, n'était pas trop mécontente de sa manière d'agir ; elle croyait voir de la franchise dans ses paroles, et ce que ses actions avaient de trop impétueux, s'expliquait assez naturellement par une passion violente. Comme toutes les mères, elle avait pensé souvent à l'établissement de sa fille ; elle crut voir en Derbain, l'homme qui devait réaliser ses rêves dorés, et, sans plus songer à le fuir, elle dit d'une voix émue.

— Eh bien ! Monsieur, que dois-je conclure de la franchise de vos aveux?

Cette question commença à faire entrevoir à Derbain tout ce que sa situation avait d'embarrassant; le pas était difficile, il le sauta.

— Ma conduite a toujours été celle d'un homme d'honneur, dit-il, et je ne me départirai pas de mes principes dans la circonstance la plus importante de ma vie. J'aime votre fille, Madame; je serais fier d'être son mari, mais...

— Expliquez-vous, Monsieur, dit madame Poulet avec angoisses.

— De grâce, permettez-moi d'achever. Je ne connais de votre fille que ses grâces et sa beauté: ces qualités sont rares, elles sont précieuses, sans doute; mais, que

penseriez-vous d'un homme qui se
déterminerait uniquement, dans le
choix éternel de la compagne de
sa vie, par des considérations fri-
voles et passagères? Je crois, Madame, que votre fille a des vertus,
de l'esprit, des talens; je le crois,
car, sans cela, je ne l'aimerais pas
comme je l'aime. Mais vous me
blâmeriez de ne pas approfondir
des choses d'une si haute importance... plus je verrai Clotilde, et plus
ses qualités me toucheront. Ah!
Madame, élevée par vous, elle doit
être parfaite..; permettez-moi, je
vous en supplie, d'en juger par
moi-même; veuillez m'admettre
quelquefois dans votre intérieur,
permettez que je voie Clotilde
sous les yeux de sa mère, et soyez
bien sûre, Madame, que le moment

2   6 *

le plus heureux de ma vie sera celui où je recevrai de votre main mon
épouse.

Cette longue tirade avait été
débitée avec chaleur, avec entraînement. Madame Poulet, sous le coup
d'une émotion bien naturelle, n'a-
vait pas été aussi frappée qu'elle aurait dû l'être de ce qu'il y avait d'in-
convenant dans une demande ainsi
faite. Franche et sans détours, elle
n'eut garde de soupçonner la frau-
de et l'imposture ; au contraire,
elle éprouva de la joie en découvrant du jugement, de la pruden-
ce, au milieu d'une passion qu'elle
croyait profonde. Elle en prit une
opinion plus favorable au jeune
homme, et, se rapprochant de
Derbain, qui, pour produire plus
d'effet, avait péroré à ses genoux,

elle prit ses mains, et les serra maternellement dans les siennes.

M. Poulet, toujours malheureux comme un jaloux, la surprit dans cette attitude : il ne pouvait certainement faire son entrée plus à propos.

Jamais stupéfaction ne fut plus comique que celle du bonhomme en voyant sa femelle caresser ainsi un jeune homme, un beau garçon ! les yeux lui sortaient de la tête, gros et ronds comme des œufs ; sa large bouche, ouverte dans toute son ampleur, laissait apercevoir une demi-douzaine de chicots noirs ou jaunes que l'agitation de ses nerfs faisait danser sur leurs gencives ; ses jambes flageolaient sous lui, et ses lèvres qui

se couvraient peu à peu d'une salive blanche, ne purent, malgré
tous ses efforts pour se montrer
éloquent et terrible, qu'exhaler
deux fois ces trois monosyllabes :

— O mon Dieu ! ô mon Dieu !

Madame Poulet n'avait à se re-
procher dans cette scène qu'une cré-
dulité, un peu forte peut-être, mais
certainement très-excusable ; cependant le caractère impétueux,
la jalousie frénétique de son mari ;
la crainte de rendre un gendre
futur témoin d'une querelle con-
jugale, et de lui donner une opinion défavorable aux parens qu'il
voulait se choisir, la troublèrent
au point de lui enlever toute présence d'esprit ; elle trembla, balbutia, et ne sut pas trouver un

mot pour donner une explication et conjurer un orage.

La fureur de M. Poulet croissait et embellissait de moment en moment. Si sa langue était muette encore, ses membres commençaient à reprendre de l'élasticité. Il sautait comme un jeune faon, se démenait comme un maniaque, et lançait sur sa femme et sur Derbain des regards qui devaient les terrifier.

Derbain, cependant, n'en était pas déconcerté. Il s'approcha de lui gracieusement :

— Enchanté, Monsieur, de pouvoir vous présenter mes respects, dit-il avec un sourire.

— Ses respects ! ses respects ! murmura M. Poulet ; des respects comme ceux-là montent joliment à la tête.

— Vous vous rappelez peut-être que j'ai eu l'honneur de voyager avec vous, hier, dans la voiture de Sceaux.

— C'est possible, Monsieur, mais ma maison n'est pas publique comme un coucou... que venez-vous faire chez moi ?

— Vous rendre un service.

— Oui : caresser ma femme pour m'obliger ...., merci !

— J'ai eu hier le bonheur d'être utile à vos dames qui se trouvaient toutes seules à Sceaux.

— Utile et agréable sans doute, ah ! les femmes !... détestable beau sexe !

— J'ai été plus heureux encore,

j'ai pu vous rendre un bon office personnel... à votre insu.

— A mon insu ! non pas..., je devine bien le bon office que vous avez pu me rendre ..., mais, tonnerre ...!

— Vous aviez laissé votre montre entre les mains d'un cocher de place ...

— C'est un fripon d'une autre espèce ... il devait me la rapporter ce matin ; mais baste ! il l'a bue..

— La voilà, Monsieur ...

La vue d'un bijou auquel il paraissait tenir en proportion de son antiquité, radoucit beaucoup M. Poulet. Il s'élança tout joyeux sur sa montre qu'il regarda avec amour, puis il la serra soigneuse-

ment et reprit aussitôt son air rogue.

— Vous voyez maintenant, reprit Derbain, que le motif de ma
visite n'était pas de nature à mériter votre colère.

— Voilà l'argent que je dois au
cocher... Vous m'avez rapporté ma
montre, je vous en remercie, mais
vous avez baisé la main de ma
femme, et je vous chasse ..., sortez
de chez moi sur-le-champ.

— Mon ami, dit Madame Poulet
d'une voix tremblante, ce jeune
homme a jeté les yeux sur Clotilde...

—Et sur vous ... et sur Ursule
aussi sans doute ... Il y a des jeunes gens dans le monde qui jettent
les yeux sur toutes les femelles à la
fois ...; mais je suis là, tonnerre !

et j'espère que Monsieur ne se fera
pas répéter mon invitation.

— Mais, mon ami, écoute-moi...
les intentions de Monsieur sont
honnêtes...

— Honnêtes! honnêtes! murmura M. Poulet d'une voix toujours aussi dure; cependant sa
physionomie prit une expression
moins farouche, et il interrogea
Derbain du regard.

Ce dernier trouvait M. Poulet
parfaitement ridicule, cependant
il était moins à son aise auprès de
lui. Tromper une femme, fût-elle
mère, était pour un libertin chose simple; il est convenu, dans un
certain monde, que toutes les faus-
setés sont permises pour réussir en
amour. Mais mentir en face à un
homme, quel qu'il soit, est une af-

faire d'une toute autre importance.
Pour les débauchés comme Derbain,
la duplicité d'homme à femme
n'est qu'une gentillesse, un des
aspects de la galanterie, une ruse
de guerre, un moyen de triomphe
dont les dames, suivant eux, ne
pourraient raisonnablement blâ-
mer l'emploi, car elles savent qu'il
est autorisé par l'usage; c'est une
des chances qu'elles ont à courir,
c'est un piége que l'on oppose naturellement aux mille piéges dont
elles savent nous entourer.

Derbain, fort peu scrupuleux,
comme nous le savons déjà, avait
voulu cependant remplacer les
principes de probité que de dange-
reux amis lui avaient fait perdre,
par un honneur de sa composition.
C'était un être assez fantastique

que cet honneur-là ! Sans racine
et sans base, il devait crouler au
moindre choc. Au reste, la probité qui ne lui eût paru que du-
perie et sottise envers une femme,
lui paraissait une obligation, un
devoir à l'égard d'un individu de
son sexe. Il eût été moins loin s'il
eût pu prévoir la brusque arrivée
de M. Poulet il n'eut point osé
en sa présence, parler aussi
clairement d'un mariage auquel il
ne voulait pas consentir. Mais en-
gagé comme il l'était, il ne pouvait plus reculer sans détruire à
jamais toutes ses espérances. Il devait confirmer les paroles de Madame Poulet, ou renoncer pour jamais
à la possession de Clotilde : entre
une privation de plaisir et un sa-
crifice à l'honneur, Derbain ne ba-

lançait jamais; la passion d'abord, le reste, ensuite, irait comme il pourrait.

Il continua étourdiment son chemin.

— Il est vrai, Monsieur, dit-il, j'aime votre adorable Clotilde. Si les sentimens d'un honnête homme, un nom respectable, une fortune indépendante, peuvent me mériter votre suffrage, permettez-moi de vous présenter quelquefois mes respects, en attendant le jour heureux où vous voudrez bien m'admettre au nombre de vos enfans.

M. Poulet, observateur peu rigide des convenances sociales qu'il connaissait médiocrement bien, toisa des pieds à la tête l'homme qui venait de lui parler. Pour le mieux considérer, il tourna deux fois autour de lui, puis, sans rien dire qui pût faire connaître le résultat de ses observations, il entraîna sa femme dans le coin le plus éloigné de l'appartement.

— Ma fille l'aime-t-elle ? demanda-t-il d'une voix basse.

— Beaucoup plus que je ne l'aurais cru possible d'une enfant aussi jeune.

— Fadaise ! comme si toutes les femelles n'étaient pas précoces quand il s'agit de ce polisson d'amour !... Comment nommez-vous ce jeune homme ?

Cette question amena une vive rougeur sur les joues de madame Poulet, car elle sentit qu'il était ridicule d'avouer qu'elle ignorait le nom d'un homme qu'elle accueil-

lait et présentait comme un gendre.

— Je me nomme d'Arancourt;
dit Derbain, dont l'oreille alerte
avait tout entendu, je vis de mes
revenus qui sont honnêtes et je
loge rue de Richelieu , n°.

—D'Arancourt, j'ai connu quelqu'un de ce nom là... c'était peut-
être votre père.

— Je ne crois pas, Monsieur.

— C'est égal, ajouta M. Poulet
qui se déridait peu à peu, et qui
avait passé en quelques secondes
d'une colère épileptique à une humeur douce, polie, presque qu'en-
jouée, c'est égal..., d'Arancourt...
c'est un beau nom..., vous êtes noble?

— Plus noble que le roi, Monsieur.

M. Poulet se redressa de toute sa hauteur. Donner sa fille à un gendre noble..., tudieu ! c'était presqu'une illustration pour lui-même.

— Hélas ! vous n'êtes pas titré... ajouta-t-il, avec un accent de douleur et de regret.

— Je suis vicomte. Nous avons eu des cardinaux dans la famille; le trisaïeul du trisaïeul de mon bisaïeul, montait dans les carrosses du roi.

En ce moment, M. Poulet avait six pieds.

— Un vicomte, un vicomte qui a eu des cardinaux pour père et mère... mille tonnerres !... comme on sera jaloux dans le quartier!..... Monsieur... Monsieur le Vicomte, permettez-moi de vous présenter mes civilités respectueuses...

Et voilà M Poulet, très-fort sur
les convenances, comme vous pouvez vous en apercevoir, qui se pros-
terne, en quelque sorte, devant
l'homme qu'il voulait, un instant
auparavant, chasser avec ignomi-
nie, et tout cela, parce qu'il
croyait le nom de cet homme pré-
cédé d'un titre et d'une particule!
Cependant M. Poulet était, dans
ses discours, l'un des plus violens
détracteurs de la noblesse... Que de
libéraux! Que de républicains
comme lui!

— M. le Vicomte veut-il bien
me faire l'honneur d'accepter à déjeuner? continua M. Poulet en
s'inclinant jusqu'à terre.

— Je ne le puis, répondit froidement Derbain, qui croyait de
son intérêt de faire à son tour l'of-

fensé, vous m'avez traité tantôt d'une manière si dure...

—Mille.. mille pardons., disait le père Poulet tout prêt à se désespérer; si j'avais su.., si j'avais deviné... Comment diable aurais-je pu savoir que M. le Vicomte était un vicomte ?

— On doit être poli avec tout le monde.

— J'ai tort, M. le vicomte d'Arancourt (comme ces mots là sonnent bien !) j'ai tort, mais soyez indulgent.... acceptez mon déjeuner... Tenez, nous déjeunerons avec madame la future vicomtesse.

— Eh bien! soit, dit Derbain de l'air dont on accorde une grande faveur.

Cette conversation avait déplu à madame Poulet; elle n'avait aucu-

ne raison de douter de la sincérité
de Derbain; cependant elle était mécontente. Il n'y avait rien d'éton-
nant à ce que ce jeune homme
fût en effet noble et vicomte, et
cela lui était, du reste, tout-à-
fait indifférent ; mais ce qui l'in-
quiétait davantage, c'était le ton
de fatuité et d'arrogance qu'il
prenait depuis un instant. Sa fille
serait elle heureuse si ces défauts
étaient dans son caractère ? Si,
au contraire , il ne les affectait
que pour en imposer à M. Poulet
dont il connaissait les ridicules,
que fallait-il penser d'un homme
qui jouait un rôle avec tant de naturel et d'abandon ?

Ces réflexions étaient graves ; elle
les mûrissait en silence ; mais sans
perdre de vue pour cela, ses de-

voirs de maîtresse de maison. Jeannette n'était pas encore rentrée,
sa maîtresse alla s'occuper du déjeuner.

Pendant ce tems , M. Poulet
continuait la conversation.

— C'est une excellente fille que
Clotilde, disait-il , une femme qui
fera honneur à son mari..., M. le
Vicomte... avez-vous remarqué
son air distingué, hein ? c'est qu'elle
tient de moi, M. le Vicomte... Je
ne suis qu'un marchand retiré des
affaires, mais il y a de la noblesse
dans mon cœur..., et puis, voyez-
vous, M. le Vicomte, c'est une an-
cienne famille, que la famille des
Poulet!... Mon père était marguil-
lier de l'Abbaye-aux-Bois... Mon
grand-père était syndic de la cor-
poration des bonnetiers... Mon bis-

aïeul aurait obtenu des lettres de noblesse s'il n'avait pas refusé de prêter sa femme à *le Bel* qui la destinait à Louis XV!... Voyez pourtant ce que c'est , M. le Vicomte... Si une femme , une femelle.... c'est-à-dire..... moins que rien , avait pu causer seulement cinq minutes avec un roi bon enfant , je serais peut-être aujourd'hui votre égal... vicomte.... marquis... duc...

— Qui sait , dit Derbain avec condescendance , peut-être même prince du sang.

— Ça se pourrait bien... C'est que, voyez-vous , M. le Vicomte , j'ai tous les goûts de la noblesse, moi... Le commerce est bon pour les petits esprits..., il est ignoble...., il m'allait mal. J'ai travaillé quel-

ques années ; il le fallait bien
pour amasser quelque chose....;
mais aussitôt que je me suis vu à la
tête d'une centaine de mille francs,
j'ai vendu mon fonds de bonnetier.... Au diable la filoselle...,
j'ai mis mes *bas* sous mes *pieds*....
Ah ! ah ! ah ! il n'est pas mal le
calembourg ; n'est-il pas vrai
M. le Vicomte...? Il est vrai que je
le fais deux fois par jour depuis dix
ans...

— Vous êtes facétieux, M. Poulet.

— C'est vrai , M. le Vicomte...,
la facétie... c'est mon fort..., je
suis de bonne compagnie. Du reste,
M. le Vicomte , comme je m'en-
nuie , quand je ne fais rien , je
vais à la Bourse, je spécule... c'est
noble cela , n'est-il pas vrai ?

— Parbleu ! je le crois bien....
il y a des rois qui s'en mêlent.

— C'est que, voyez-vous, M. le
Vicomte , mon parti était pris
d'avance. J'avais décidé , dans ma
sagesse , que mes filles n'épouse-
raient jamais des roturiers.... ; la
roture ? fi donc ! ça tient de trop
près à la canaille.. , c'est à vous
soulever le cœur.... C'est que, tel
que vous me voyez , j'ai eu dans
le monde des relations très-dis-
tinguées....

— Vraiment !

— Parole d'honneur ! j'étais à
un bal de la duchesse de Berry , il
y a quelques années.

— Vous étiez invité.

— Oui , par un valet de pied
qui m'introduisit en cachette. Mais
la duchesse m'a parlé....

— Allons donc !

— C'est la pure vérité. Elle est si bonne !

— Elle vous dit sans doute quelque chose d'aimable ?

— Certainement. Elle me fit l'honneur de me dire : retirez-vous, Monsieur ; ne voyez - vous donc pas que vous embarrassez !...

— Ces paroles-là équivalent pour vous à des titres de noblesse.

— Vous croyez, M. le Vicomte ? Et le pauvre M. Poulet, enchanté de lui-même et de son gendre futur, lui prit la main avec effusion, la baisa avec tendresse et lui pleura de joie sur le bout du nez. Derbain se mordait les lèvres pour ne pas éclater.

— Vous êtes l'homme de mon choix, mon cher M. le Vicomte ; disait le papa Poulet, vous me plaisez-tant que, pour vous, je refuserais maintenant un duc et pair.... venez... suivez-moi... Je veux vous présenter à ma fille.

Derbain n'avait garde de refuser une proposition pareille. Ils volèrent tous deux dans la chambre où Clotilde, rouge, animée, les yeux brillans, contait à sa sœur les grands événemens de la journée.

— Ma fille ! s'écria M. Poulet, d'un air et d'un ton dignes d'un monarque, j'ai l'honneur de vous présenter M. le Vicomte d'Arancourt.... Il veut bien avoir la bonté de vous demander en ma-

riage... Je vous ordonne de le considérer comme un époux... Dans
six semaines , mademoiselle Clotilde , j'aurai l'honneur de vous
nommer madame la Vicomtesse.

◇-◁-◁-◇

CHAPITRE VI.

LEQUEL EST FORT INSIGNIFIANT.

Tout se passa parfaitement dans la famille Pouïet. Il y avait à peine une demi-heure que Derbain s'y était introduit, il était déjà de la maison. Clotilde, au comble de ses vœux pleurait de joie en abandonnant à son fiancé sa jolie petite main. La bonne Ursule, heureuse du bonheur de tous les siens, souriait à son beau-frère futur, et, sans jalousie, sans envie, embrassait cordialement sa jeune sœur. Madame Poulet, ivre de plaisir, avait repris sa vivacité de quinze ans ; elle se levait à chaque instant pour embrasser sa fille, serrer la main à son gendre et sourire à son mari.

Il y avait cependant un membre inférieur de la famille que ce bonheur n'accommodait nullement ; nous voulons par là désigner mademoiselle Jeannette. Rentrée à la maison, elle avait deviné d'un coup d'œil tout ce qui venait de se passer. Derbain l'avait trompée.. Il avait demandé Clotilde.

Les passions étaient vives dans le cœur de la petite bonne. Sa figure devint verte de fureur. On lui de-

manda des assiettes, elle ne bou-
gea pas, elle n'avait pas entendu ;
on eût dit une statue de marbre,
si l'on n'eût pas remarqué les regards foudroyans qu'elle lançait
tour à tour sur Clotilde et sur son
prétendu.

Son agitation, sa colère étaient
si évidens, si marqués, qu'ils n'é-
chappèrent à personne. M. Poulet
crut qu'elle allait se trouver mal ;
Ursule courut lui porter secours ;
Clotilde et sa mère échangèrent
un coup d'œil rapide qui alla mourir sur Derbain. Ce dernier, toujours impassible, avait l'air de ne
s'apercevoir de rien.

— Ne m'entendez-vous pas, à la
fin, Jeannette, cria madame Poulet.

— Cette fille n'est plus bonne à

rien, dit Clotilde d'un air piqué.

Ces derniers mots réveillèrent mademoiselle Jeannette ; elle jeta sur sa jeune maîtresse un regard furieux, puis elle reprit son service.

— M. le vicomte d'Arancourt..., dit M. Poulet.

— C'était un vicomte ! pensa Jeannette.. le sorcier avait dit vrai, c'était mon prince.... O Clotilde, vous me le payerez!...

— M. le vicomte d'Arancourt, continua M. Poulet, êtes-vous satisfait de mon très-médiocre déjeuner.

— Enchanté, parole d'honneur; cette cuisine saine d'un ménage est une excellente chose pour un infortuné célibataire obligé de se nourrir aux tables d'hôtes et aux restaurans.

— Dam ! il en est quelques-uns qui ont bien leur mérite, répondit le friand M. Poulet, en passant sur ses lèvres une langue d'amateur.

— Puisque vous aimez cette espèce d'établissement, faites-moi l'honneur d'accepter un déjeuner demain matin... je vis chez moi, il est vrai, mais je suis servi par le cuisinier du café du Périgord.., il traite quelquefois assez bien.

— Dam ! Urbain a de la réputation ; mais, vous sentez M. le Vicomte que je ne puis pas accepter.. que la position où nous nous trouvons exige.. qu'il faut auparavant..

— J'en suis désespéré ; je déjeune avec quelques camarades , je désirais beaucoup avoir l'honneur de vous les présenter.

-- Ce sont des seigneurs, peut-
être....

— Est-ce que je connais autre
chose..! M. le baron de Rouge-
Gorge..., le comte de Saint-Eloi,
le marquis de Vieux-Bois, le duc
de Saint-Philippe... de braves et
dignes gens sur ma parole.

— Des marquis... des ducs, j'i-
rai..., j'irai... Mon gendre, je pro-
fesse pour vous une considération
très-distinguée.

Le déjeuner s'acheva pendant
cette conversation. Derbain resta
long-tems après dans l'espérance
de pouvoir causer avec Clotilde,
mais M. Poulet savait trop bien ce
qu'il devait à un gentil-homme;
pour lui faire honneur, il ne le
quitta pas d'une minute. D'ailleurs
la maîtresse de la maison ne parais-

sait pas dsisposée à se ralentir dans sa surveillance maternelle. Le jeune homme partit en renouvelant son invitation pour le déjeuner du lendemain et se dirigea vers le logement d'Anatole.

Derbain, fier du succès de sa ruse, marchait en triomphateur. Clotilde, la jolie Clotilde l'aimait; ses parens agréaient ses visites, il la verrait tous les jours... Avec des facilités aussi grandes, il serait bien maladroit s'il ne parvenait à trouver la jeune fille seule; ou, au moins, à l'engager dans quelque fausse démarche qui la lui livrerait. Sa mère était une bonne femme, au fond, il ménagerait sa sensibilité. Quand il serait las de Clotilde, il se donnerait des parens qui s'opposeraient à son

— Couvrez-vous donc , Monsieur, dit, en riant, M. le marquis
de Vieux-Bois , petit jeune homme
mince et éveillé qui avait plutôt
l'encolure d'une femme de dix-
sept ans que celle d'un lieutenant-
général , grand d'Espagne de première classe.

M. Poulet fit un mouvement
pour obéir , mais il songea à la
resplendissante perruque et posa
le couvercle sur ses genoux.

L'attente avait excité les ap-
pétits ; l'on attaqua donc les chef-
d'œuvres culinaires du café du Périgord. M. Poulet, qui se piquait
d'être gourmet , faisait honneur
aux comestibles ; s'il ne mangeait
pas, il dévorait. Seulement de tems
en tems il fronçait le sourcil , se
inçait le nez de deux doigts , et ,

quand il croyait n'être pas aperçu, se baissait jusque sur son assiette.

— Cela est bien apprêté, pensait-il ; mais je ne sais trop si ces viandes sont fraîches... Je sens là une certaine odeur...

— Jasmin ; que diable, enlevez donc le chapeau de Monsieur, s'écria le duc de Saint-Philippe qui, placé près de M. Poulet, avait sa part des exhalaisons.

— Ne dérangez personne pour moi, je vous en prie, disait ce dernier modestement.

— Non... non... ne vousgênez pas, criaient les autres convives, qui n'étaient pas fâchés de voir doubler leurs plaisirs et de faire deux victimes au lieu d'une...

— Eh ! que diable ! Messieurs,

vous en parlez bien à votre aise ,
dit monseigneur de Saint - Phi-
lippe... M. Poulet , je vous en
prie .. regardez donc en face ce
que vous prenez pour un chapeau...

Alors M. Poulet reconnut sa mé-
prise , et il rougit, pâlit , faillit
se trouver mal... Une pareille in-
congruité devant d'aussi grands
personnages ! c'était à en mourir
de douleur...

Pourtant l'air aimable et gai des
convives le remit bientôt dans
son assiette. Au bout d'une demi-
heure il n'y songeait plus du tout.

La conversation grave et posée
d'abord , devint bientôt vive, animée , bruyante. Derbain , qui
voulait jeter de la poudre aux yeux
de celui qu'il appelait son beau-

père , entama le chapitre inépui-
sable des titres et des dignités de
ses amis. Ces quatre Messieurs
étaient les représentans de toutes
les grandes familles de l'Europe. Il
n'était pas une seule maison sou-
veraine à laquelle ils ne fussent al-
liés par les femmes. L'un serait
pair de France , sans la nouvelle
loi ; l'autre , sans la révolution ,
serait devenu capitaine de la première compagnie de gardes du corps.
Le Roi avait promis à un troisième de le nommer son aide de
camp à la première vacance. Le
quatrième se destinait à la robe
et devait remplacer M. Portalis
dans la présidence de la cour de
cassation.

M. Poulet n'avait garde de douter de toutes ces belles choses. Mal-

gré tout son orgueil, il se trouvait bien petit devant ces nobles
seigneurs, bien chétif devant ces
belles espérances! Chaque instant
lui enlevait une partie de son assurance ; à chaque énumération de
dignité, il reculait sa chaise. Bientôt le respect et l'admiration lui
ôtèrent l'appétit ; il demeurait en
extase, la bouche ouverte, devant
les cousins-germains du roi de
Prusse.

Derbain s'aperçut de ce changement et calma M. Poulet au
moyen de la bouteille.

— Messieurs, s'écria-t-il, j'aime
beaucoup les modes anglaises....
Je vous propose des toast..,.

— Bravo! bravo!

— Je ne porte de toast conscien-
cieusement qu'avec du vin de Cham--

pagne, dit monseigneur le duc de
Saint-Philippe.

— Du Champagne! du Champagne! du Champagne ! cria-t-on
tout d'une voix.

— En voilà , Messieur. Maintenant je propose la santé suivante :
au respectable M. Poulet,... au
coq de la rue de Verneuil... à cet
homme vénérable qui a la noblesse
du cœur et de l'esprit, à cet estimable bonnetier qui serait prince
du sang si sa grand-mère avait
voulu!

— Bravo! bravo! bravo! s'é-
crièrent tous les convives en vidant
leurs verres avec un empressement
que M. Poulet prit pour une politesse.

— Second toast... cria Derbain :
nous buvons à la plus belle, à la

plus aimable des femmes... à la digne fille d'un digne père.... A l'un de ces anges que l'on respecte trop pour les nommer !

Tous les convives étaient levés; M. Poulet pleurait de satisfaction et se grisait par reconnaissance.

A trois heures du soir, toutes les têtes étaient en train, toutes les langues babillaient, les yeux pétillaient de gaîté.

— Messieurs, dit Derbain qui venait d'apprendre que Madame Poulet et sa fille aînée étaient à la campagne; nous ne pouvons finir vulgairement une journée si bien commencée, nous allons faire une promenade à cheval.

— Messieurs, messieurs, dit M. Poulet avec inquiétude, je ne sais pas me tenir... Le cheval...

— Le cheval ? reprit Derbain...
C'est l'exercice de l'homme noble...
Tout ce qui est né monte à cheval...
Il n'y a que la roture qui condamne
cet exercice.

— Le cheval? dit M. Poulet en
se levant... Qui est ce qui a dit que
je ne savais pas me tenir à cheval ?... Allons... Allons... Messieurs.... à cheval.... Vous verrez.... Vous verrez... Si je recule..

— En route, Messieurs, dit
Derbain, nous allons du côté de
Passy... Nous ne nous servirons
pas de nos équipages... Nous aimons
trop l'incognito... Nous prendrons
des chevaux à Auteuil et nous es-
corterons madame Poulet à son re-
tour à Paris....

— Que d'attentions! murmura

mariage, il feindrait une magnifique douleur, et se retirerait désespéré. Clotilde se tairait sur le
petit malheur qui lui serait arrivé;
il n'y aurait ni bruit ni scandale,
et il pourrait, en toute sûreté, voler
à de nouvelles amours.

— Les choses ne peuvent mieux
aller, disait-il en se frottant les
mains; je vais me rendre aujour-
d'hui dans l'hôtel que j'ai désigné
comme mon logement; je m'en-
tendrai avec les garçons; je retien-
drai un appartement pour vingt-
quatre heures, j'inviterai quelques
bons camarades dont je ferai des
grands seigneurs, et je renverrai le
beau-père ivre de joie, de noblesse
et de vin.... Me voilà arrivé....
Qu'est-ce que je vais faire chez le
jeune homme d'hier au soir?.. Bah!

Il ne m'est plus nécessaire maintenant... je vais le planter là... Peste!
ne nous pressons pas trop cependant... Si je veux voir Clotilde à
mon aise, il faut que la maman ne
soit pas là ; il faut donc conser-
ver des relations avec Anatole ; il
me dira l'heure de ses rendez-vous,
et j'en profiterai pour mener à bien
mon entreprise.

Ces dernières considérations le
décidèrent ; il demanda des indi-
cations au portier de la maison qui
portait le n° 75.

— M. Anatole ? répondit celui-
ci de l'air rogue que prennent
ces gens-là en parlant d'un locataire pauvre, il vous faut de bonnes jambes pour monter jusque
chez lui... au sixième au-dessus de
l'entresol.., la porte à gauche...bais-

sez la tête, et ne vous cassez pas le
cou... Ah! puisque vous montez,
portez-lui ces deux lettres.......
l'une a été remise par une petite
bonne qui avait des yeux guillerets
comme ceux d'un chat, l'autre
a été déposée par un commis-
sionnaire. Il n'y a pas de port à
payer. C'est fort heureux pour
M. Anatole..., sa bourse n'est pas
le Pérou !

Derbain se chargea des deux lettres, monta cinq étages et gravit
une échelle qui conduisait de là au
sixième. Un méchant cabinet de
huit pieds de long sur quatre de
large, éclairé d'une croisée en
tabatière et tellement lambrissé
qu'on pouvait à peine s'y tenir de-
bout, dans le point le plus rap-

proché de la porte, tel était le bouge
habité par Anatole.

Le mobilier répondait à la ma-
gnificence du logement; un matelas
sur un lit de sangle, deux vieilles
chaises de paille, une malle qui ser-
vait à la fois de table et de commode composaient tout l'ameuble-
ment.

Derbain avait bien deviné que sa
nouvelle connaissance était peu riche, mais il ne s'était pas attendu
à rencontrer tant de misère. Il demeura un instant immobile, sur la
porte, à considérer le malheureux
qui était réduit à vivre dans une
aussi misérable tanière.

Anatole, à demi couché sur son
grabat, déjeunait avec un morceau
de pain qu'il mordait à belles dents;

il interrompait souvent cette occupation pour pousser un soupir et lever les yeux au ciel.

— Elle ne m'écrit pas !... elle m'a oublié !... murmurait-il.

—Pauvre diable ! pensa Derbain, tu as raison, songe à tes amours si cela peut te faire oublier ce que tu manges ; puis, s'avançant brusquement, il tendit la main à Anatole.

— Bonjour, lui dit-il, vous voyez que je n'oublie pas les amis.....

Anatole rougit de honte en voyant le jeune fashionable sous sa mansarde délabrée, il baissa les yeux avec confusion et ne prononça pas une parole.

— Votre accueil est un peu froid, camarade..., n'importe ! je suis enchanté de vous revoir...; vous par-

liez de vos amours..., je puis vous
en donner des nouvelles.

— O mon Dieu ! s'écria Anatole
en se levant avec vivacité.

— Voilà une lettre d'une jolie
petite écriture de femme..., je suis
bien trompé si elle n'est pas de
votre belle.

Anatole fit sauter le cachet et lut
avec avidité :

Monsieur,

« Votre conduite dans les bois de
Sceaux, me prouve que vous m'a-
vez mal jugée : je désire de l'affection, mais avant tout du respect.
Réfléchissez à vos torts et repentez-
vous; alors je pourrai vous par-
donner.

» Les affaires dont j'ai à vous

parler sont graves ; restez chez vous ; d'ici à quelques jours vous recevrez de mes nouvelles.

« J'ai l'honneur de vous saluer,

» LOUISE , f^c. P. »

Anatole leva les yeux au ciel et joignit les mains avec reconnaissance.

— Allons..., dit Derbain, je suis enchanté de la tournure que prennent vos amours... vous savez ce que nous avons juré?... je compte sur vos bons offices. En attendant, comme nous sommes déjà de vieux amis et que vous me paraissez assez mal dans vos finances, permettez-moi de vous offrir ces deux louis...

Anatole rougit et repoussa les pièces d'or.

— Vous me refusez! en con-science vous avez tort.... C'est un prêt un prêt amical que je puis faire sans me gêner.... j'ai emprunté quatre mille francs, il y a huit jours.... vous me rendrez cela quand vous pourrez....

— Je n'emprunte jamais, Mon-sieur, sans avoir la certitude de rendre...

— C'est bien bête! mais, faites comme il vous plaira. Vous n'en voulez pas? adieu..., je reviendrai vous voir sous peu.... Ah! j'oubliais..., je suis chargé de vous remettre une autre épître.

Anatole ouvrit la lettre ; elle était ainsi conçue :

« La personne qui a veillé sur » votre enfance, a toujours les yeux » ouverts sur vous. Elle voit avec

» peine que vous vous lancez dans
» une carrière où bien peu de gens
» réussissent. Elle espère que la
» misère que vous avez éprouvée
» aura mûri votre jugement et que
» vous reviendrez à des opinions
» plus saines.

« Vous trouverez sous ce pli un
» billet de deux cents francs,
» payable à vue. Ménagez votre ar-
» gent. La fortune de votre bien-
» faiteur ne lui permettra pas de
» longtems de nouveaux sacrifices. »

Pas de signature.

— Oh ! je te remercie, mon Dieu !
s'écria Anatole avec effusion, je ne
suis donc pas seul, abandonné sur
la terre, il y a au monde quelqu'un
qui m'aime et quelqu'un qui me
plaint.... O merci, mon Dieu ! un

instant comme celui-ci , dédom-
mage de bien des peines...

— Pauvre diable! murmura Derbain en se retirant, le voilà radieux
parce qu'il est en possession de deux
cents francs et d'une vieille femme !
Il a des vues bien courtes cet enfant
là... ne l'invitons pas à mon déjeuner : il me ferait du tort; il n'est
pas à la hauteur de son époque.

Et hâtant le pas, il se rendit rue
de Richelieu , pour s'occuper des
préparatifs de son déjeûner du lendemain.

Pendant ce tems, M. Poulet s'occupait aussi, par anticipation , de
l'honneur que lui feraient les ducs
et les marquis qui voulaient bien
le recevoir à leur table. La marotte
de toute sa vie se réalisait; le
bonnetier se croyait déjà gentil-

homme. Déjà il se donnait des airs
dans son ménage ; disait : *Mes gens*,
en parlant de Jeannette, et daignait
à peine parler à d'honnêtes mar-
chands de ses amis qui venaient
pour le voir. Clotilde seule était
dans ses bonnes grâces ; il lui
parlait avec un ton cérémonieux,
où il y avait presque du respect ; il
aurait donné mille francs pour
pouvoir l'appeler publiquement et
sur-le-champ : madame la Vicomtesse !

Sa femme était heureuse aussi,
mais, plus prudente que lui, elle ne
jugeait pas qu'il fût très-sage de
s'en rapporter tout-à-fait aux dé-
clarations de Derbain ; elle pressa
son mari d'aller aux informations,
et celui-ci, après avoir répété vingt

fois qu'il fallait croire un vicomte
sur sa parole, et que *Bon Sang ne
pouvait mentir*, promit cependant
de passer rue Richelieu, en se ren-
dant à la Bourse, où il allait régu-
lièrement tous les jours.

Mais cette promesse, toute sérieuse qu'elle fut, s'effaça bientôt
de son cerveau distrait. Il jouait sur
les fonds publics depuis qu'il ne
vendait plus de bonnets de coton;
il entrevit une belle affaire sur le
trois pour cent, il eut une longue
conférence avec son agent de chan-
ge, et il ne se rappela M. le vicomte d'Arancourt qu'au moment
où sa femme lui demanda, le soir,
le résultat de sa visite.

— Bah! dit-il, je n'y suis pas
allé..., j'ai oublié...; mais qu'im-

porte ! je déjeune demain dans sa
maison...., je ferai jaser les voi-
sins....; tout s'arrangera..., soyez
tranquille...

———

CHAPITRE VII.

—

LA TOILETTE DE M. POULET.

— JEANNETTE ! Jeannette ! criait M. Poulet le lendemain , dès le point du jour, Jeannette! vous savez bien que je déjeune aujourd'hui avec des ducs..., avez-vous nétoyé mes souliers ?

— Pas encore , Monsieur.

— Voulez-vous bien vous dé-
pêcher, femelle...

— Mais, Monsieur, votre déjeuner est pour onze heures.

— Qu'est-ce que cela faite. Je
veux y être de bonne heure ; on
ne fait pas attendre des grands
seigneurs.

Jeannette se mit à la besogne
en rechignant, et M. Poulet alla
tourmenter sa femme, Clotilde,
Ursule, tout le monde, pour avoir
du linge blanc, un gilet frais,
une toilette éblouissante.

Jamais le pauvre cher homme
n'avait été si affairé. La cravate
faisait un pli, le jabot était chif-
fonné, une maille était échappée
au bas de soie, rien n'allait bien ;
il était désespéré.

A huit heures cependant il était

dans toute la splendeur de sa toilette ; il ne lui manquait plus que sa perruque encore en réparation chez le Figaro du coin. Jeannette faisait un voyage par demi-heure ; la perruque ne venait pas, et M. Poulet amusait son impatience en jurant et en sautillant.

— Femme !

— Mon ami ?

— Ah ! ah ! ah !

— Qu'est-ce donc..?

— O mon Dieu... Une tranchée, j'ai la colique...

— Veux - tu que je te fasse du thé ?....

— Ah ! la... la..., que c'est ennuyeux ! Un jour de gala... Quand j'allais si bien déjenuer...

— Tu seras sobre , mon ami...

— Donne-moi un doigt d'absynthe ; je serai guéri, je pourrai manger.

— Bon ! pensa Jeannette, pendant qu'il aura la colique, il ne pensera plus à sa perruque et me laissera en repos.

En effet, M P oulet, après une violente tranchée, tomba dans une espèce de somnolence qui tenait par moitié du sommeil et de la distraction ; dix heures sonnèrent ; madame Poulet, qui en avait obtenu l'autorisation de son mari, partit avec Clotilde pour Passy, où elle allait voir une de ses amies malade. Clotilde se retira dans sa chambre ; Jeannette demeura seule auprès de son bourgeois et se garda bien de lui parler de peur de lui rémémorer la malencontreuse perruque.

2.   8 *

Elle arriva cependant cette maudite perruque ; M. Poulet, réveillé en sursaut, se coiffait avec complaisance, quand la pendule sonna onze heures.

Le bonhomme croyait rêver. Il maudit Jeannette, il maudit son sommeil, il maudit sa perruque, il se maudit lui-même, et, pour réparer le tems perdu, il se coiffa tout de travers. Pourtant la perruque était sublime ! Il la trouva si bien frisée, si radieuse, qu'il résolut de ne point l'affaisser par le contact d'un chapeau et de porter sous le bras son couvre-chef.

Enfin il était prêt ; un cabriolet de louage l'attendait devant la porte ; il met le pied sur le marchepied ; mais une nouvelle tranchée l'arrêta dans son élan. Celle-là devait avoir des résultats plus sérieux. Le pauvre homme, n'eut que le tems de remonter ses trois étages et de se retirer dans un de ces cabinets dont on se sert quelquefois, mais qu'on ne nomme jamais.

Au bout d'un quart d'heure, il reparut, mais son accoutrement avait subi une étrange métamorphose. Au lieu de son chapeau, il portait sous le bras certain couvercle que l'on a soin ordinairement de laisser à la place qui lui est destinée. Dans sa distraction, M. Poulet avait fait un quiproquo ; de son chapeau il avait fait un couvercle, il emportait le couvercle comme un chapeau.

Pendant qu'il faisait ces belles

choses, Derbain et trois amis de débauche, roturiers comme vous et moi, mais récemment ennoblis par l'imagination de l'un d'eux, atten- daient avec impatience le convive qui devait être le héros de la fète. Le chef du café du Périgord avait été exact... A onze heures les huî- tres étaient ouvertes, les mets fu- maient sur la table, le déjeuner se réfroidissait, se gâtait; M. Pou- let n'arrivait pas.

— Commençons, disait M. Gri- vois, employé dans un ministère, qui s'était chargé du rôle de M. le duc de Saint-Philippe.

— Approuvé! criait M. Maurin; jeune médecin sans clientelle, mais non pas sans patrimoine, qui devait représenter M. le mar- quis de Vieux-Bois.

— Tant pis pour le beau-père...
Je meurs de faim , commençons...

— Commençons...commençons ,
répétait-on de toutes parts.

Derbain allait être forcé de cé-
der quand on vit M. Poulet , brillant comme un soleil , descendre
de cabriolet dans la cour.

— Le voilà , Messieurs, dit Derbain ; soyez à vos rôles ; n'oubliez
pas vos dignités , et surtout, je
vous en conjure , ménagez le bonhomme ; il est vain , tout serait
perdu s'il venait à s'apercevoir
qu'on le joue.

— Sois tranquille , dit M. de
Saint-Philippe , nous serons sérieux comme des ânes.

M. Poulet entra dans l'appartement ; mais, malgré la promesse
positive qu'ils venaient de faire, les

convives s'abandonnèrent à de re-
tentissans éclats de rire ; Derbain
voulut se contenir quelque tems ,
mais la contagion de l'exemple
l'emporta , il fit bientôt comme les
autres : nous les croyons , nous ,
très-excusables.

En effet, M. Poulet venait de
faire une entrée des plus majes-
tueuses. La tête élevée comme un
Saint-Sacrement , le haut du corps
en avant , portant fièrement sous
son bras le couvercle malencontreux qu'il avait pris pour son chapeau , il marchait délicatement sur
ses pointes , renvoyant à droite et
à gauche des sourires de bonne
humeur et des saluts respectueux.

Il entendit les bruyans éclats de
rire , et ne fut pas déconcerté.

— Comme les grands seigneurs
sont gais ! pensa-t-il.

Et il recommençait ses saluts et ses sourires.

Derbain reprit son sérieux tant bien que mal ; il s'empara de la main du beau-père , et le conduisit auprès de M. Grivois.

— Monsieur, dit-il avec dignité, voulez-vous bien me permettre de vous présenter mon très-honorable ami , son excellence Monseigneur le duc de Saint-Philippe , chevalier des ordres du Roi , lieutenant-général , grand-d'Espagne de première classe.

A chacune de ces dignités , M. Poulet s'inclinait jusqu'à terre , puis se relevant comme par un ressort , il portait jusque sous le nez du grand-d'Espagne de première classe le couvercle qu'il tenait dans ses deux mains.

M. le duc de Saint-Philippe n'o-
sait plus rire. Le couvercle ne sentait pas la tubéreuse; M. le Duc
reculait peu à peu, et M. Poulet, le
poursuivant de ses respects, lui met-
tait sous le menton ce qu'il croyait,
très-présentable... Der bain s'amusait de la scène et la prolongeait
aux dépens de son camarade.

— A table, Messieurs ! à table !
crièrent les autres convives... Derbain ! tu nous présenteras ton respectable ami au dessert... Nous
sommes ici incognito, et d'ailleurs
nous dispensons de toute étiquette
les gens que nous estimons !...

— Messeigneurs, Messeigneurs..
vous me comblez, disait M. Poulet
d'une voix émue en promenant
circulairement son couvercle.

le vieux bonnetier en serrant la main de son gendre.

— Il faut que toute votre famille se ressente de notre joie.... Passons chez vous... nous y prendrons mademoiselle Clotilde...

— Comment ! monsieur... Comment... Ma fille seule au milieu d'une foule de jeunes gens...

— Qu'est-ce que cela fait !.... Nous la conduirons à sa mère....

—Oh ! monsieur le Vicomte, j'espère qu'un instant de réflexion vous fera sentir.....

— Il en sera ce qu'il vous plaîra. Il est d'usage chez les gens de certaine classe de voir une dame seule au bois, entourée d'un groupe de jeunes gens ; mais puisque la bourgeoisie condamne cette habitude, qu'il n'en soit plus question.

2 .   9*

— La bourgeoisie! la bourgeoisie! murmura M. Poulet avec indignation.. je n'ai pas les inclinations bourgeoises, M. le Vicomte,.. ma fille est chez moi..., allons la prendre.

— Bon! dit Derbain à l'oreille de M. le duc de Saint-philippe. Conduisons-les à Vincennes, au lieu d'aller à Passy: la mère ne sera pas là, le père est distrait, le bois est vaste, la petite est amoureuse...; secondez moi bien... Dans deux heures, elle sera à moi..... Vous verrez comme elle est gentille! je sens que je suis de force à l'aimer pendant huit jours.

FIN DU TOME SECOND.